开学第一课

依据国家教育部和中央电视台
联合主办的《开学第一课》活动

"我爱你，中国！"主题拓展原创版

爱在不经意间

中央电视台《开学第一课》编写组 编

时代文艺出版社

图书在版编目（CIP）数据

爱在不经意间 ／中央电视台《开学第一课》编写组编.—2版.
—长春：时代文艺出版社，2016.1（2021.3重印）
（开学第一课）
ISBN 978-7-5387-4942-7

I. ①爱… Ⅱ.①中… Ⅲ.①中国文学—当代文学—作品综合集 Ⅳ.①I217.1

中国版本图书馆CIP数据核字（2015）第257192号

出 品 人　陈　琛
责任编辑　徐　薇
装帧设计　孙　利
排版制作　隋淑凤

爱在不经意间

中央电视台《开学第一课》编写组 编

出版发行／时代文艺出版社
地址／长春市福祉大路5788号　龙腾国际大厦A座15层　邮编／130118
总编办／0431-81629751　发行部／0431-81629755
官方微博／weibo.com／tlapress　天猫旗舰店／sdwycbsgf.tmall.com
印刷／三河市嵩川印刷有限公司
开本／710mm×1000mm　1／16　字数／120千字　印张／12
版次／2016年1月第2版　印次／2021年3月第2次印刷　定价／36.00元

图书如有印装错误　请寄回印厂调换

敬启

　　书中某些作品因地址不详，未能与作者及时取得联系，在此深表歉意。敬请作者见到本书后，通过以下方式与我们联系，我们将按国家规定支付稿酬并赠送样书。

　　E-mail：azxz2011@yahoo.com.cn

《开学第一课》编委会

编委会主任：韩　青　许文广

主　编：许文广

副主编：卢小波

编　委：张雪梅　骆幼伟　张　燕　吴继红

　　　　悠　然　冰　岩　王　佩　王　青

　　　　静　儿　刘　歌　刘　斌　李　萍

　　　　一　豪　明媚三月　大路　邓淑杰

　　　　李天卿　曾艳纯　郜玉乐　孟　婧

《开学第一课》的价值

　　有人问我，《开学第一课》的价值体现在什么地方？我认为最重要的就是全社会希望并通过我们传递出来的价值观。多元是时代进步的标志，我们尊重不同的声音和价值理念，但是作为教育部和中央电视台联手举办的一项公益活动，我们要传递的是主流的、与时俱进又符合中华文明传统的价值观。

　　在2008年，我们通过《开学第一课》传递了抗震精神和奥运精神；2009年正值新中国60周年华诞，我们在象征着民族精神的长城，为孩子们播撒下爱的种子；2010年，我们告诉孩子们，一个拥有梦想的民族，一个不断仰望星空的民族，就是拥有未来的民族，人生的每一个阶段都需要梦想的指引、坚持和探索，而每个人的梦想汇集起来就可能成为国家的梦想、民族的梦想。

　　举办《开学第一课》三年来，我个人也有一个梦想，我梦想这项目光远大、朝气蓬勃的公益活动能够坚持举办十年，让它给这一代孩子的成长提供正面的、积极向上的力量，这就是《开学第一课》的意义所在。

　　我希望全社会的力量汇集起来，给孩子们一种价值观的教育，中央电视台愿意承担使命，连同教育部把这项公益活动做好。我们也欢迎全社会各界积极参与、支持，从出版、纸媒、网络、志愿行动、慈善事业等各个方面，加入到这个追逐共同梦想、打造恒久价值的公益活动中来。

　　由此，我亦十分高兴地看到《开学第一课》系列丛书的出版，我相信时代文艺出版社正是基于我们共同的理想，以出版的力量为孩子们的未来创造了更丰富的阅读食粮，为《开学第一课》的精神理念提供了更多样的传递方式。

中央电视台　许文广

目 录

001

002

第四部分　有一个地方

第五部分　甜蜜幸福港

003

第九部分　那一份热爱

第十部分　诗意的世界

第一部分

绽放的生命

　　浩瀚苍穹，每一个生命都是短暂的。但是在这个世界上，每一个人、每一朵花、每一棵树、每一种生物，都无一例外地热爱生命。

——赵昱华《对生命的那份爱》

呵护那一点点光

李抒飏

妹妹四岁了，假期时我总喜欢夹上一本书，带她到院子里玩。

那是一个雨后的清晨，我又带了妹妹在院中玩耍。她骑车子，我看书。

过了一会儿，妹妹骑车骑累了，我抱着她接着看书，突然她惊呼一声："虫子！"我吓了一跳，急忙低头一看，原来是一条蚯蚓。

妹妹从我怀里挣脱，想一脚踩死它。

"那是好虫子！"我赶忙告诉她。

"虫子也有好的吗？"妹妹迟疑一下，把脚收了回来。

"有啊，比如说有的人……"我想了想，又换了一个比方："有的小狗会咬人，有的小狗却很可爱，不是吗？"

"嗯……"妹妹收回脚，蹲下，开始认真地看着蚯蚓。

我继续看书。

不知过了多久，邻居阿姨买菜回来，高跟鞋清脆的响声由远及近。

我又听到妹妹"呜"的哭腔，赶紧问："怎么了？"

"虫子被踩断了。"妹妹哭着说。

我看了一眼："没事儿。虫子一会儿就活了，会变成两条虫子。"

妹妹将信将疑，低头看了一会儿，果真见"两条"蚯蚓蠕动起来，她兴奋地大喊一声："真的哎！"她笑了，明媚的晨光在她眼边的泪珠上折射出一道明净的光，白白的小牙在呈月牙形张开的小嘴里越发白皙……

过了一会儿，妹妹大约是蹲得腿麻了，便又开始骑她的小车子，路上看见一条条蚯蚓非要让开，小车子左摇右摆，看得我心惊胆战。她却一点都不害怕，还向我炫耀："看！我没有压死小虫子！"

我有些发怔。现在，谁还会为自己没有压死一只好虫子而自豪？谁还会为了几条善良的生命而不顾自己的安危摇晃车子？谁又会为了看一只好虫子在旁边蹲那么久？

——只有孩子了吧，他们有最纯洁的心灵，有最柔软的情感，有最真诚的笑脸，只有他们会这样吧。

每个大人，不都是曾经的纯净的孩子吗？他们长大了，为何有许多变成了钱权至上、蝇营狗苟之人？依旧纯洁的，为何只有少数？

也许正是他们年幼时踩死一只小虫时无所谓的心情，才会使自己变成日后的捕猎者，不把生命看在眼里。

每一个孩子，也许都是大人的引导者。在孩子们的心灵中找到哪怕一丁点儿的优点，我们都应用真诚和尊重，呵护孩子生命里那一点点微弱的光！而那一点点光，总有一天会撒成漫天的星，照亮这个我们深爱的世界。

"姐姐，"妹妹的声音打破了我的冥想，"回家吧，我饿了。"

"好。"我提起她小小的车子，拉着妹妹软绵绵的手，往家走去。

（指导教师：卫方正）

003

第一部分 绽放的生命

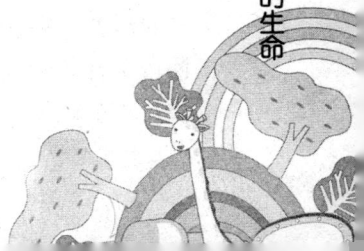

可乐小镇

何欣航

一

你们听过可乐小镇吗？我敢打赌，你们肯定没有听过。神奇的可乐小镇就在黑色森林的深处，在阳光下，屋顶会如金子般闪闪发光，到了夜晚，月光会如水般冲洗过，将白天留下的粉尘洗得一干二净。

可乐小镇有着浓浓的香味的天空，可乐小镇的居民每天都要闻一闻，他们可盼望下雨了，不，他们都把下雨叫"下可乐"，当天上雷声一响，老人们就准备好各种盆盆罐罐准备接可乐；中年人则对此不屑一顾，可乐加工厂里多的是，哪里稀罕这一点可乐呢？他们只在可乐雨中散步；孩子们蹦着跳着，张开双手，拥抱可乐雨。

很多人到镇上最大的可乐加工厂去上班，就是把人们从天上收集来的可乐进行再加工，然后装瓶，经检验合格后，发到全世界去。

全镇的居民每周末都要到教堂去，因为，那里的大堂正中央立着一尊雕像——彭伯顿，那正是可乐的创始人……

二

"镇长来啦！"教堂的人群中有人在呐喊。

大家的眼睛都盯着他们前面的这座彭伯顿雕像。只见下方写着："可乐可乐，彭伯顿创造了可乐。可以乐，可以乐，大家都可乐。"那人头上顶着一瓶可乐，脚上穿着可乐罐，皮带是用可乐的吸管做的。人们充满敬意、满怀自豪地望着他，将手里的可乐饼、可乐薯片抛向了天空。

镇长来了，他向上扶了扶眼镜，显然是有一件重要的事要宣布："听说外界有许多白血病人，他们需要我们的血液来拯救他们，因为我们可乐镇的人们长期喝神奇的可乐，我们的血液已有一种特别的因子……"

"不行！"一个瘦巴巴的长者站了起来，"我们的鲜血是我们的生命，没有鲜血，何来生命？"

"只是拿去我们一部分血液，不会影响我们的健康，更不要说，夺取我们的生命！而且，只会促进我们的新陈代谢，促进我们的新陈代谢！"

管他什么新陈代谢，人们离开了，他们才不相信镇长的"鬼话"呢。

三

可乐小镇的学校里，讲台上、学生的课桌上，整齐地摆放着可乐。他们都一边吮吸着可乐一边上课。老师还会给每位学生发一顶浸透可乐味的帽子，特别提神，当老师讲课时，老师说的话都会飞进帽子里。即使再调皮的学生也能将老师的话装进自己的脑子里。

音乐老师正在给全体学生念欢迎咒："柳叶绿，花朵红，小朋友们心里真轻松，大家都欢迎，可乐镇来的群众。"

想不到，那欢迎咒被一个更大的声音打断了："柳叶红，花朵绿，小人眼里放悲痛，大家都讨厌，可乐镇出来的群众！"又加了一句："自私自利可乐镇！"

是谁？大家都在找说话的人，可谁也找不到。

可乐镇的后代们闷闷不乐了，老师也束手无策了，不知该如何教育孩子们了。因为"自私自利可乐镇"这一句话都钻进孩子们的帽子里，装进孩子们的脑袋里啦。

校长跑去告诉镇长。镇长皱起了眉头："听说，在彭伯顿在世时，许多人就想得到我们的血液。那时，恰巧发生了许多怪事，那些不祥的消息也渐渐笼罩在人们的心头……什么时候，人们才会理解呢？"

那些有识之士开始担忧了。

四

越来越多的消息传到了人们的耳边："药店里的可乐药不翼而飞，化成了苦水；教堂里永不生锈的可乐雕塑生锈了；和平鸽再也没有来过小镇，可乐镇所有的树上树叶落尽，鸦雀无声……

其实，人们不是太小气，而是怕奉献了血液，自己会死去，没有人照顾子女。

因为没能帮助别人，可乐镇上的居民心头每天阴沉沉的，毫无快乐可言。

可乐雨下了，人们也不再去接了，很多人躲在自己的家里，羞于见人。

终于，一个叫雷妮儿的女孩走了出来，她看见街上寥寥无几的行人，他们相互搀扶着走路，不时地喊着：

"不要让阴云笼罩我们可乐镇！"

"可乐镇需要阳光！需要快乐！"

"可乐镇的居民不能只顾自己的死活，来吧，献出您的血吧！"

"来吧，让我们心连心，让我的血液流淌在你的血管当中！"

……

雷妮儿也高声喊叫："可乐镇的居民都出来，走出来！走出来……"

可乐镇的居民渐渐走了出来，他们的眼里流下了感动的泪花，他们纷纷行动起来，不顾家人的反对，纷纷跟着雷妮儿伸出了自己的手，走向采血车……

血液汩汩地流进了世界上的白血病患者的身体中，一个个病人脸上泛起了久违的笑容。可乐镇上的居民却没有一个身体出现了什么毛病，反而"身体倍儿棒，吃嘛嘛香"了。

可乐雨又下起来了，镇长和居民们一起走上街头，接着可乐，让可乐冲洗掉自己心灵的污垢，多好呀！多好呀！大家唱呀，跳呀，多么舒心和惬意！

是的，可乐小镇代表着爱心、奉献和温暖，您说呢？

流　浪

李一鸣

雨越下越大。在雨中，不论有多么好的防护，人们也不免被淋湿，抑或是被雨滴打得生疼。载着特长班下课之后的放松和喜悦，我和爸爸行驶在被雨水冲刷过的滑亮滑亮的马路上。一路上，我看到并体会到了"流浪"……

流浪的人

在一个十字路口旁，一个瑟瑟发抖的人引起了我的注意。他，没有任何的雨具，任凭大雨疯狂、肆意地击打着他瘦弱的身体。他没有穿上衣，或许没有衣服吧，一条廉价的长裤已经破烂不堪，找不出几处好的面料，甚至没有一块补丁，或许他连补丁也买不起，连裤子也缝不起吧。脚上，拖拉着一双拖鞋——应该是两只拖鞋！因为这两只拖鞋并不相同，又都是破破烂烂，大部分地方都开了胶，或许，是他从外面捡来穿的吧，或许…….

他走得很快，像是赶路，匆匆而过。谁也不知道他将要去哪儿，也没有人愿意注意他一下，更别说猜测了。或许，就连他自己也不知道。他就这样走啊走，消失在雨雾中……

流浪的狗

途经菜市场，几根电线下，大路正中间，躺着一只可怜的流浪狗。它浑身脏兮兮的，差不多掩盖了它原有的洁白的颜色。它不是一只名贵的狗，但这并不意味着它应该被抛弃，更为悲惨的是，在雨雾中一辆不知情的、来不及刹车的车子从它身上轧了过去。血从身体里流淌了出来，慢慢地流呀流，从最开始只有一点儿，到后来越流越多……

　　谁也不知道它是不是真的死了，没有人下来查看一下，更没有人愿意将它埋葬，或是送到宠物医院。人们依旧匆匆忙忙地走过，还隐隐留下几句"恶心死了""快离开这儿"的言语。是啊，世界之大，有谁会怜悯这只陌生的小生灵呢？人们只知道批判别人，批判社会，难道就不觉得最应该批判的是我们自己吗？

流浪的心

　　人心。只有人心，才能改变这一切。可是人心——爱心、善心、良心、仁慈之心、友好之心——都在哪儿呀？是的，它们也在流浪，它们被吸进了一个永远也无法走出的黑洞，什么赶走了它们？是欲望——贪欲、利欲，是无动于衷，是心的另一面——人类的丑恶、懦弱、嫉妒。这不是人心，这是钢铁之心，没有血肉没有情感的心。因此，它们的到来、强大使得人心渐渐弱小，力量显得那么微不足道……

　　什么时候，人心不再流浪，世界的一切也都会随之回归……

（指导教师：马冬梅）

让生命之花尽情绽放

闫　冲

有这样一个真实而震撼人们心灵的故事。

非洲的一座火山爆发之后，随之而来的泥石流狂泻而下，迅速扑向山脚下不远处的一个小山村，淹没了一切。滚滚而来的泥石流惊醒了睡梦中的一个十四岁的小女孩，她还没来得及逃脱，流进屋的泥石流已上升到她的颈部，小女孩只露出双臂、颈和头部。及时赶来的营救人员围着她一筹莫展，因为对遍体鳞伤的她来讲，每一次拉扯无疑都是一种更大的伤害。当记者把摄像机对准她时，她始终没喊一个疼字，而是咬着牙微笑着，她相信营救人员一定能够救出她。可是营救人员倾尽全力也没能够从坚硬的泥石流中救出她，小女孩始终微笑着，挥着手一点一点地被泥石流淹没。在生命的最后时刻，她脸上洋溢着微笑，手臂一直保持"V"字形，那一刻仿佛长如一个世纪，在场的人含泪目睹了这庄严而悲惨的一幕。

这个故事，是一首生命的赞歌，透过这首赞歌的每一个音符，每一个旋律，我看到了小女孩面对死神降临时那种临危不惧的精神。我感受到了生命的可贵，以及在大灾大难面前的脆弱。这个故事，是一首对生命的抗争之歌，吟唱着这首歌，更让我看到的是这位小女孩对生存的渴望是多么的强烈，她多么希望自己能够获得新生，可是死神没有给她一丝的希望。

看着这个故事，留给我的是深深的思考：人的生命是宝贵的，没有比生命更宝贵的财富了，而生命只有生长在安全的土壤中，才能开出灿烂的花朵。当这个小女孩面对死神，人们却无能为力，因为这是天灾，人类无法抗拒。但大多数的人祸，人类还是可以避免的。在我们的生活中，对于安全来说，也许有的同学会不屑一顾地说："灾难哪能那么巧碰上我呢。"当你有这种不以为然的想法时，危险可能就离你不远了。因为在一些同学眼里，不

注意安全似乎是一件小事，但他们却不知道自己的每一个不注意安全的举动都隐藏着危险。

百善文明为先，万思安全是重，天灾和人祸吞噬了多少生命，造成了多少悲剧？所以我们应该懂得珍爱生命，牢固"安全第一"的思想，让我们积极行动起来，真正将安全牢记于心，落实于行动中来保护自己，让安全与我们同行，伴着我们快乐成长，这样生命的花儿才能更艳、更红、更香。

（指导教师：马书明）

野花的热烈

张 雷

在学校的后山，有一片花草，它们争香斗艳，美丽万分。同学们一放学就成群结队地来到这儿尽情地欣赏美丽的花儿。

可你们知道吗？这后山过去只有满山的杂草，还有几个乱石堆。后来，突然在一个石缝间挤出了一株小野花。它刚开始和周围的杂草长得没什么两样，并没有别人注意到它的到来，杂草也只把它当作自己的同类，只有野花知道自己是一株美丽的小花。它努力地生长着，直到有一天，它感觉到头上长出了一个花苞。它很高兴地对周围的野草说："你们快瞧呀！我长出了第一个花苞！"但那些野草却不认为它的头上是个花苞。甚至还有的草儿说："我们小草怎么会开花呢，我看那是你昨天晚上起的一个大疙瘩吧，哈哈哈……"还有的小草说："就算你是一株小花又能怎么样呢？到头来你不还是和我们这些小草一样吗？又有谁会来欣赏、赞美你呢？"小野花很难过，它本来以为小草们会祝福它呢，没想到招来的却是一阵嘲笑。面对嘲笑，小花坚毅地说："我开花只是要完成作为花的使命，有没有人来欣赏并不重要。"

从此，小野花顶着嘲笑，不畏艰难，努力吸收养分，竭力生长。又过了几天，终于后山上绽放出了第一朵美丽的花儿，花开得那么烂漫，还不时散发出诱人的香味，连蜜蜂蝴蝶也被花香吸引过来了。小野花没有骄傲，继续努力地生长，等到花儿凋谢时，它就把种子尽力播撒在后山的其他地方，还教导它的子子孙孙们：要努力生长，把种子播撒到后山的每个角落，让花儿装扮整座后山。

每一朵花都谨记第一株花的教导：不骄傲，努力生长，播种……几年过后，花儿就遍布了整座后山，现在只要一到春天，就能看到满山的花儿开得那么热烈，看到满山前来欣赏野花的孩子们。

（指导教师：林亚松）

011

第一部分 绽放的生命

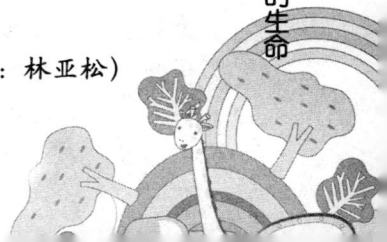

为自己撑起生命的保护伞

何旭鑫

你在生活中遇到危险时是否会惊慌失措？如果你的回答是肯定的，那现在不用怕了，因为我们每位同学手里都有一个"安全锦囊"，它就像一位我们生活中细心的小顾问，帮助我们排忧解难。所以，和我一起打开它吧——《学生安全自救手册》，为自己撑起一把生命的保护伞！

当拿到那本鲜红的《学生安全自救手册》时，我爱不释手。特别是主人公"胖小子阿丁"和"小可爱雯雯"身上的惊险故事，有时让我被他们的勇气折服，有时又着实为他们的行为捏上一把汗，有时会为他们的互相帮助而欣慰……然后，我会细细地读读"安全小卫士"，很多事情我都经历过，可有些安全知识我以前却压根儿不知道！原来，生活中的小事还有那么多学问！所以，这两天，《学生安全自救手册》就成了我茶余饭后的"小点心"，空闲时，看上一篇，既赏心悦目，又可以了解很多安全常识。

当看到《小狗咬了我》这篇时，我特别有感触，不禁想起了那次的历险——

那次回老家，我和爸爸去爬山，爸爸去附近找药材，我独自一人在玩，正当我玩得开心时，我感觉有声响，抬头一看，一条蛇正昂着头向我冲过来！我想起爸爸以前和我说过，如果被毒蛇咬，中毒了可就没命了！我拔腿就想跑，可是却被荆棘给绊住了，结结实实地摔了一跤，半天也没起来，那蛇慢慢地逼近我，我吓得脑子一片空白，大喊："爸爸，救命！"再也没有了逃的力气……

爸爸闻声赶来，操起身边的一根废弃的棍子就朝蛇挥去，那蛇便快速消失在了柴丛中。只见爸爸从衣服上撕下一块布来，把我被毒蛇咬过的伤口用力系紧，我被勒得嗷嗷直叫："爸爸，松点，我疼！""松点？松点毒素就扩散了。"我似懂非懂地点点头。爸爸扎好便背起我就走。一路上，爸爸看我不停地在动，连忙命令道："别动，动了就会加快人体对蛇毒的吸收！"我又一次被爸爸严厉的话吓到了，大气也不敢出一声，乖乖地伏在爸爸的肩膀上。

由于山路不好走，下山后又很难碰到去县城的车子，我和爸爸步行了半个多小时才到了镇里的医院。负责急诊的医生一看，说："被咬得不轻啊，还好急救措施及时，要不然就有生命危险了。""什么？有生命危险？不过是这么小的伤疤而已嘛！"我不以为然地说。

"你别小看这么点伤口，被毒蛇咬过的地方，如果处理不好，不扎紧的话，毒素会很快扩散到全身，那样就麻烦了。"医生和爸爸都瞪了我一眼。

医生为我处理好伤口，并配了些药。

不久伤口就好了。

现在，当我看到这本书时，我的内心暗暗庆幸，幸好爸爸当时懂得如何处理毒蛇咬过的伤口，否则后果将不堪设想啊！

思绪又回到书上，想起平时生活中很多细节我都不太在意，比如上次学校组织全校师生进行消防演练，我觉得没必要——好好的怎么会发生火灾呢？甚至觉得很好玩。现在我越来越明白，没有安全做保障，一切都是徒劳。

是的，我们渐渐长大了，生活旅程中难免会有荆棘和坎坷，我们的父母、老师不可能随时随地出现在我们身边，永远做我的保护神，我们就需要靠自己多阅读、多了解，掌握一些安全知识，做自己生命的主人，为自己的生命之花撑开一把保护伞。

（指导教师：张育花）

对生命的那份爱

赵昱华

浩瀚苍穹，每一个生命都是短暂的。但是在这个世界上，每一个人、每一朵花、每一棵树、每一种生物，都无一例外地热爱生命。

小小的一粒种子，深深地埋在地底下，破土而出的过程，一路掀翻比自己坚固百倍的石块、砖头、瓦砾。你能想象吗？一株迎风摇曳的小草，它柔嫩的身子里，包含了多少巨大的力量！为什么呢？为了感受阳光的温暖！

小小的蝴蝶幼虫，包裹在温暖的蛹里，它们在羽化时死亡率高达80%，可是它们还是争先恐后地破蛹而出。这个过程，不能有任何外力的帮助。如果你可怜它化蝶时的痛苦挣扎，当你在蛹上挖开一个小洞时，其实你毁灭了它化蝶的希望。为什么呢？因为只有依靠自身的努力，它们才能拥有美丽的翅膀，遨游天空！

小小的一只蝉，在炎夏顶着烈日不停鸣叫，也许你会觉得它很聒噪。为什么呢？因为它经历了漫长的黑暗，经过了漫长的等待。蝉的生命周期长达十几年，在这漫长的岁月中，除了最后一年的夏天以外，前三个阶段都是蛰伏在地下。现在，终于见到了光明，它怎能不珍惜这八十多天的美好时光，怎能不拼尽全力唱出心灵的狂欢？它那所谓的"聒噪"，正是一只蝉一生的绝唱！

这些，难道不正是热爱生命的表现吗？

（指导教师：孙巧勤）

不要再让血沾染美丽的世界

王宝康

　　人的生命只有一次，所以我们必须珍惜它，必须珍惜我们所拥有的美好……

　　那是个灿烂的下午！阳光迷离地倾洒在整个大地上，城市依旧是往日的繁忙，就是在这样的午后，在三岔路口，一辆红色的小轿车疯狂地在高速公路上飞驰着……一个二十出头，蛮"靓"的小伙子倾斜着身子摇坐在驾驶室内，一手把着方向盘，一手拿着手机，似乎正谈笑风生地说着什么……红灯亮了，小轿车还一如既往地向前奔驰着。刹那间，"黑色幽灵"摇身一变，一辆满载西瓜的货车正向轿车急速地驶去。"砰"的一声巨响，世界在这一瞬间寂静了……

　　血弥漫在空中，周围充斥着一声声尖叫和亲人痛苦的泪水……

　　西瓜滚落一地，一幕惨不忍睹的悲剧发生了……"黑色幽灵"嘿嘿地冷笑了几声，冷漠地瞄了一眼斑斑血迹，化作一股黑烟飞身离去……

　　同样的城市，同样的下场，同样的悲剧与痛苦，不同的只是流血的人。

　　杂乱的马路边，一幢五层楼房规模初成，一大堆的石头瓦砾霸占了三分之一的路面。远方，一个头发随风飞扬的年轻小伙子骑着摩托车，潇洒而悠闲地带着两个少女疾驰而来。"黑色幽灵"忽然瞅见了，诡计又一次萌生在它的心头，它化成一阵狂风，狠狠地对那摩托车使了使劲，终于摩托车把握不住，一头栽向那个高大地石堆……

　　殷红的鲜血汩汩流出，染红了大地，染红了一片瓦砾……一幕人仰马翻的惨剧又发生了……

　　"黑色幽灵"远远地遥望着它的杰作，得意地摇了摇身子，嘴角微微地浮现出一个邪恶的笑容，在一阵阵哭喊声中它狂笑着带着三条灿烂青春的生命悠悠地离开了……

夕阳眷恋着吻别了充满了魅力的城市，在远处的山边渐渐地睡去……

远方，传来了一阵清脆悦耳的歌声。哦，原来是一个十多岁的少年啊！瞧瞧他，一边骑着自行车，一边唱着富有动感节奏的音乐悠然而来。真是一个拥有着快乐心情的少年啊！他一会儿在马路上跳"S"舞，一会儿来个单放手，一会儿又摇头晃脑地东瞅瞅西看看……"黑色幽灵"怜惜地望着这个活泼动人的孩子，似乎是觉得这孩子实在太可爱了吧，它贪婪地咽了咽口水，似乎它想要捉弄孩子一下，于是"鬼点子"又上来了。它摇身一变，一个满头白发、拄着拐杖的老头儿在路边颤巍巍地走着。少年毫不提防路边猛然冒出个老爷爷，心慌之下，一个急刹车，却又把握不住，连车带人摔倒在地上，歌声瞬间成了令人心碎的呻吟……

人的生命永远只有一次，失去，你就将不再拥有……

让我们记住这些血的教训吧！珍惜自己的生命，不要再让交通事故夺取一个个美丽的生命……让血一次次沾染美丽的世界……

（指导教师：马书明）

第二部分

洒下人间都是爱

　　一个人，生来并非就是一张洁白的纸，而是充满着真情、善良和许多感动的。对待得到的关爱总会心存感激，那么，对待受到的伤害也应有博大的胸襟予以宽容。

——孙超《感恩的心》

爱在人间

——给灾区小朋友的一封信

周吉秀蕾

灾区的小朋友们：

　　你们好！

　　今年的5月12日，无情的地震夺走了你们许多同伴的宝贵生命，我感到伤心，感到痛苦。就在那一瞬间，你们的家园毁灭了，亲人失散了，你们每个人都悲痛万分。而那时候，我正安静地坐在宽敞明亮的教室里上课。

　　当老师说出四川发生地震的消息后，我真恨不得插上一对翅膀飞到那里，尽我所能帮助你们。当然，这是不现实的。我只是一个三年级的小学生。我只有默默地流眼泪，一有空就看电视新闻，默默地关注你们，为你们祈祷，希望你们能早日从失散亲人的阴影中走出来，早日重建家园，重回教室学习。

　　不过，我同时又为你们感到庆幸，因为你们生长在这个充满爱的社会，看：解放军叔叔们从遥远的地方不辞劳苦赶去救助你们；社会各界人士以及外国的友人们给你们送去大批大批的食物、棉被和好多生活必需品；许许多多的志愿者千里迢迢去帮助你们；一个家境贫寒的盲人家庭为你们捐款了五百元；一位年逾九旬的老人坐在轮椅上让儿女推着去捐款；幼儿园的小朋友由爸爸妈妈带着去捐款……感人的事情实在太多了。

　　我们学校也动员大家捐款，我打破了我的储蓄罐，把我存下来的零花钱——三十七元全都捐出去了，我知道不多，但这也是我的一片心意。告诉你们，我们全国所有人都在为你们重建家园、重建校园积极地努力着，都在尽自己的一份绵薄之力，相信不用太长的时间，你们就会重回教室上课的！

我衷心祝愿你们能早日回到从前那样的快乐生活！

（指导教师：陈小娟）

第二部分 洒下人间都是爱

给军人叔叔的一封信

王一桐

亲爱的军人叔叔们：

你们好！

我是21世纪的一名学生。生活在社会主义新中国，处在和平的环境中。这里没有枪林弹雨，没有日寇的入侵，我感到无比欣慰。但是我知道那是你们用生命和鲜血换来的，我会倍加珍惜这来之不易的生活。

每一次，当我看到抗日战争的电影的时候，我都心潮澎湃。同时被你们的英雄行为所感动，对可恨的日本侵略者深恶痛绝。也许你们还记得有一个叫王二小的孩子。他那么小，却能用聪明和智慧把敌人引进八路军的包围圈。我对他真是佩服得五体投地，这么爱国的少年，敌人却对他下了黑手："砰砰"两声枪响至今还在我耳边回荡。这个可怜的少年为了抗日战争的胜利永远地睡在了冰冷的山下。每当看到此处，我都不禁潸然泪下，对英雄的敬意油然而生，对敌人的仇恨进一步加强。想想你们，为了祖国能独立和不受外国人欺负，在那样艰苦的环境下努力奋斗，不惜献出自己的生命。这是多么崇高和伟大的精神啊！

作为新时代的我们，上学和放学车接车送，宽敞明亮的教室能为我们遮风挡雨。冬天外面寒风刺骨，屋内却是温暖如春，多好的生活环境啊！我知道这种生活环境是来之不易的，我会好好珍惜不会辜负你们的希望。我现在要用最优异的成绩来回报你们，我要用我的所有技能来回报社会，感恩社会。请你们放心，鲜艳的五星红旗在我们这一代人的手中会越举越高的，我们的祖国将会更加繁荣富强，昂首屹立于世界的东方。

此致

敬礼！

感恩的心

张沈亮

"感恩的心，感谢有你……"每当我听见这首歌，我便会想起那些好心的、乐于助人的人。那是2006年夏季的一天，那一天，对很多人来说，只是普通的一天，然而对我们一家来说，却记忆深刻。

这一天，天气特别炎热，太阳火辣辣地照着大地。这时候，爸爸正在干活，然而一个不经意间的小失误，使得电管着了火，随即甲鱼棚便烧了起来。熊熊大火映红了半边天，一大半的甲鱼棚被无情的大火吞没了。

要知道，这可是爸妈全部的心血啊！看着这火势，我们手足无措，四肢冰凉。在这千钧一发的时刻，那些好心的人给我们带来了希望，附近村子里的几百个人都赶来救火，不久，消防队员也赶来了。这些消防队员不顾自己的生命安全，一个个冲进火海，奋力救火。

可火魔依旧嚣张。这时，村民们拿来了自家的脸盆，装满了水，一盆一盆地往火海扑去。最终，在大家的不懈努力下，大火终于被扑灭了。

但是，事情到这里远没有结束。大火烧掉了五个半甲鱼棚，直接经济损失五十几万！对于一个普通家庭而言，这几乎是一个天文数字。我们实在是走投无路了，只好向政府贷款。然而，政府办事机构在了解了我们的情况后却给了我们当头一棒——由于不符合申请贷款条件，所以暂时不接受贷款！

这好比是一盆冷水，浇灭了我们家刚刚重新燃起的希望。然而，正当我们绝望的时候，村主任来到了我们家，他带来一个好消息：村主任以个人的名义担保，给我们家借到了足够的资金——这真的是雪中送炭啊！

那个时候，由于情急，我们也没有好好感谢那些帮助过我们的人们。如今，我长大了很多，就让我在这里，向那些好心的人，说一声迟到的谢谢！

俗话说得好，患难见真情。确实如此，那些向我们伸出援助之手、帮我们渡过难关的人，我们将会永远记住他们、感激他们！

（指导教师：金荼娟）

021

第二部分 洒下人间都是爱

记住他们

杜力辉

他们，他们是谁？他们是我们身边的普通人，可他们都是值得我们关注的人。

他们是解放军，他们在那些受灾群众的眼里是英雄。大家都知道，2008年中国遇到了百年罕见的大地震。在这场无情的地震中，有许多人失去了宝贵的生命。在还没有确定还会不会再次发生大地震的情况下，人民的子弟兵冲到了最前面。他们日日夜夜地展开救援，就是为了给埋在废墟下面坚持的人多一点生命的希望。他们把自己的生死看得很轻，而把老百姓的性命看得相当重。解放军，可歌可泣，是老百姓心中最勇敢的英雄。

他们是清洁工，他们同样值得我们敬佩。他们为城市环境操劳着，他们白天要清扫，夜晚也要清扫。他们每天维护着城市的环境卫生。如果他们一个月不工作的话，那么每座城市就会有大大小小的垃圾山出现了。所以说，他们——清洁工，是我们生活中不可或缺的人。如果没有他们，我们很难想象我们生活的环境会变成什么样子。

他们是科学家，他们关系着中国的经济和发展。如果没有袁隆平，中国人民也许还在挨饿；如果没有钱学森，中国也许没有今天强大的国防……我们的祖国和人民都离不开他们。

我们在过多地关注自己的同时，也应该记住——他们。

（指导教师：李军）

你，我，他

童诗雨

那天放学，我急匆匆地走在回家的路上，突然间，远处传来一个妇女的呼救声："着火了！着火了！快来救火呀！"听到这声音，我马上跑了过去，果然，离我们学校不远处，已是火光冲天。原来，是我们家后面的房子着火了。

你

你抱着几个月大的婴儿，躲在墙角边哭，是啊！这里面有你们所有的家当，有你的棉被，有孩子的生活用品，听说这里面还有你十二个月以来省吃俭用攒下来的血汗钱，你正准备把这一千多块钱寄回老家，可是一场突如其来的大火把你的希望扑灭了，你所有的一切都毁于一旦，你睁着空洞的眼睛，望着无情的大火，在那里发呆。

我

我看见一辆辆消防车，从远处呼啸而来，消防队员连忙下车救火，水洒向四处，这里的火扑灭了，那里的火又熊熊燃起，他们忙得焦头烂额，连水都顾不上喝一口，连续奋战了两个多小时。终于，大火被扑灭了。

我还看到左邻右舍对他们伸出了援助的手，有的给他们递脸盆，有的给他们送棉被，有的给他们送食物，有的忙着去安慰他们，叫他们不要哭了，东西没有了还可以买，只要人没事就好……

他

    他是一个小男孩，身上佩戴着红领巾，穿着一身蓝色的校服，看上去好像是三四年级的学生，他摸摸自己的口袋，掏出了几枚硬币，走到那位抱着孩子的阿姨面前，拍拍阿姨的肩膀说："阿姨，这是我的零花钱，给你，去买些东西给小弟弟吃吧。"阿姨连连摇头，泪水却溢满了眼眶。

    ……

    你，我，他，都是一家人，一方有难八方支援，大火无情，人有情。

（指导教师：金荼娟）

与"H1N1"相处的日子

陈楚若

今年暑假，爸爸妈妈筹备着让我出国旅游。在妈妈和我表姐的促成下，我来到了印度尼西亚的雅加达，既看望了我的表姐，又在那里游览了十天。十天后在我回国时感染了甲型H1N1流感。一段隔离的日子就这样开始了。

第一天 我的恐惧

这天，阳光明媚，万里无云，我从印度尼西亚回到中国。在中山港过关的时候，海关的叔叔突然拦住了我，说我被测出发烧了，有可能感染上了甲型H1N1流感，需要隔离。我一下子就懵了，心里极其害怕，姑姑就安慰我，她说："你不会得流感的。"海关叔叔也在安慰我说："这只是怀疑你感染了甲型H1N1流感，不一定是得了这种病，但是为了慎重起见，更是为了安全，你要先住院隔离观察，然后再检查是不是得了这个病。"后来，海关的叔叔就打电话叫了救护车把我送到了中山市第二人民医院，并且把我隔离起来。

很快，妈妈冒着被传染的危险来到了隔离病房陪我。一到医院，我就被送进了病房，我看到医生护士都戴着帽子、口罩、穿着隔离服，立刻有一种不安的感觉，心里害怕极了。但他们柔和关切的目光使我的恐惧消去了一大半。医生、护士帮我做了检查并取了喉咙分泌物，之后竟然要给我抽血。我连忙摆手，我很怕打针和抽血，是因为我心里对打针和抽血有很强的抗拒。医生就说："如果你想不抽血，就要多喝水，要不然就要抽血。"到了深夜，我突然发高烧，烧到了39.7℃，然后，值班护士就通过电铃通知我和妈妈，说要上来帮我打吊针，我害怕地大叫起来："我不打吊针！"妈妈就给我做思想工作："你是不是想快一点回去？"我点了点头，妈妈又说："如果你配合医生，你就可以出去。"我想：为了早日康复，我还是配合医生吧。护士帮我打完吊针后，我觉得其实也不是那么痛，这只是我的心理作用罢了。

第二天　煎熬的等待

到了第二天，我的烧渐渐退了，用体温计一量，我的体温是37.2℃，还有一点点低烧。我想起了第一天医生帮我取了喉咙分泌物去检查，说今天就会有结果，我和妈妈就一直在焦急地等待。妈妈一开始就认为我没有得甲型H1N1流感，而我也急着想出去，我们就充满希望地盼望着等待着。天啊，等待的时间太难熬了，我们急得像热锅上的蚂蚁。我看得出妈妈非常紧张，一直在病房不停地来回踱着。

不知等了多久，医生进来了，她说我的检查结果是"阳性"，也就是说我得了甲型H1N1流感。虽然我已经有了心理准备，但我还是非常失望，期望越高失望越大吧。我的主治医生——律医生又来探望我了，还详细地向我和妈妈介绍了甲型H1N1流感。她说："这种流感是一种新型的病毒，到目前为止还没有特效药可用，且传染性极强，虽然是这样，但并不可怕，一般都能治愈的。据说美国政府都不管了，放开了，只要发烧自己在家隔离七天就行了。"律医生亲切的话语如同窗外的阳光一样温暖着我，使我不再害怕，使我增强了战胜病魔的信心。我默默地在心里说：接受现实吧。我决定同病魔抗争！

第三天　又来病人

今天，我的姑姑、表姐也被隔离了。经过了解，原来是爸爸知道我确诊为甲型H1N1，硬是把和我有密切接触的姑姑和表姐送到了医院隔离。他的理由是以防万一，对自己负责也要对别人负责。姑姑和表姐拗不过老爸，只好服从军人老爸的命令来医院了。后来证明爸爸的强硬做法是正确的。

第四天　隔离病房

今天没什么症状了，身体也没什么不适了，胃口也好起来了。我环顾房间四周，我从来到这间病房到现在都没有仔细地观察过。病房里有空调、电视机，还有空气消毒机。这个空气消毒机分了两个时间段进行空气消毒，一个时间段是早上8：00—10：00，另一个时间段是晚上19：00—21：00，每次开启都有一小股热气传出来。病房的墙是雪白雪白的，淡绿色洁净的窗帘给人一种清新宁静的感觉。还有一个洗手间，洗手间里摆着三个桶，仔细一看，上面分别标着：呕吐物消毒液、衣服被褥消毒液、地板消毒液。原来不同的污染物要用不同浓度的消毒液进行消毒。正当我在仔细观察时，突然，律医生又来到病房告诉我："你妈妈、姑姑、表姐的检验结果都出来了，妈妈和姑姑都确诊了，你妈妈是中山市第六例，姑姑则是第七例。"我觉得很难受：妈妈为了来陪我、照顾我，自己都染上了病，难怪说母爱是伟大的，她竟然可以不顾被传染的危险来义无反顾地照顾我，她真是我的好妈妈啊！

第五天　受访

吃过晚饭后我正在津津有味地看着电视，突然，有两个戴着口罩的人走进病房。他们说他们是中山市疾病预防控制中心的工作人员，来探望我们，并对我们做了一系列的调查。他们来调查我们发病的经过：发烧前去过哪里，有什么症状，和什么人接触过，坐的航班号等等，调查得可详细了。我觉得他们对工作非常负责，我也积极配合他们的工作，完成了这次调查。

第六天　感恩

在隔离病房已经六天了，回想这几天，我要感谢我亲爱的家人和可亲可敬的医护人员，感谢他们给予我的关心与支持、力量与信心。妈妈一听我将要被隔离时就急急忙忙赶往医院，义无反顾地要陪我，最终也被传染了。爸爸也是关心、担心我们，除了打电话询问我们的病情，晚上还常来医院的楼下探望我们，妈妈每次都戴上口罩在病房外的走廊透过窗户跟爸爸电话聊天。爸爸甚至说：干脆我也进来，感染了就三人在一起，好过在外面担心，但被妈妈一句"你傻啊"挡回去了。我想妈妈何尝不傻呢？舅舅从我进医院开始，就一直不停地打电话来关心我们，而且是早上一个，下午一个，晚上还有，就连去北京出差时，也要坚持给我们打电话。还有我的姑夫、小姨等等亲戚都打电话来关心我们，我想吃什么、要什么姑夫就不厌其烦地送来。姑夫真像《西游记》里的观音菩萨——有求必应。我还要感谢医院的领导在繁忙的工作中每天询问关心我的康复情况。一天，律医生笑着对我说："你成我们医院的名人了。"我很诧异地问："为什么啊？""院长、科主任经常问陈楚若怎么样啦？什么时候能让他走？"还要感谢爸爸的领导对我的关心。我真的很感动，以后我要更加努力学习，以优异的成绩来报答大家的关心。

第七天　最后的检查

到了第七天早上，护士又来取了喉咙分泌物，要做复查，我和妈妈又一次焦急地等待。晚上10：30时，律医生进了病房，对我们说："还是阳性，还得继续住院。"我一下就蒙了：怎么还是阳性呢，不是都没有症状了吗？律医生见我和妈妈疑惑不安的神情，就耐心地解释说：一般的流感大都是要过七天才能好，不要着急，一定会好的。我看着她是那样冷静、坚定，我忐忑不安的心慢慢平静下来。

第八天　胜利

　　到了第八天，我正在看电视。突然，律医生快速地走进病房，兴奋地说："回家了，回家了。"我当时还没有反应过来，律医生说："昨天看错了，你甲型H1N1流感是阴性，而阳性的是季节性感冒，所以你和你妈妈可以回家了！"我妈妈很激动，我更兴奋得像出笼的鸟儿一样，奔跑着，跳跃着，在医院关了这么久，终于可以出去呼吸一下新鲜的空气啦！

　　经过这八天的隔离生活，我认识了母爱的伟大，也知道了医生护士对病人的关爱；我深深体会到了健康的重要，还有自由的幸福；我更知道国家对流感的重视，对人民生命的负责。

（指导教师：余俊）

029

感恩的心

—— 电影《暖春》观后感

孙 超

《暖春》是一部反映农村生活的片子。该片的主人翁是一个七岁的小姑娘，名叫小花，她父母双亡，后来被别人领养。她的养父、养母经常虐待她，无奈之下她逃了出来。她逃到另一个村子，被一个好心的老爷爷带回家，老人含辛茹苦，终于把她培养成为一名大学生。

故事情节虽然简单，但令人感动的镜头却很多。忘不了，小花因婶婶生孩子而去抓蚂蚱；忘不了，爷爷和小花在雨中相依相伴的情景；忘不了，村主任抖出宝柱不是爷爷的亲生儿子的情景；忘不了，村民捐出粮食、钱财的情景……忘不了的镜头太多太多，可使我最感动的是一个字："暖！"小小一个"暖"字折射出了那种感动的创造者——爱，这爱是内心深处贮存了千年的眼泪！

一个人，生来并非就是一张洁白的纸，而是充满着真情、善良和许多感动的。对待得到的关爱总会心存感激，那么，对待受到的伤害也应有博大的胸襟予以宽容。影片中可怜的小花就做到了这一点，婶婶不断地伤害幼小的她，想要将其赶出家门。然而，她并没有将恶意的中伤与排挤铭记于心，也没有对婶婶有一点仇视。而是把婶婶迫于无奈没有将她送人这一点点"恩泽"牢记在心——为婶婶送贴饼，为婶婶找蚂蚱……对于叔叔仅仅给她的一个浅浅的微笑及说了一句关切的话，她都感激地奔去告诉爷爷。原来，爱就是这么简单。

现实生活中，我们许多人就缺乏一颗善良的心，缺乏对他人的给予，更缺乏一颗感恩的心。世间让我们感恩的人真是太多了，亲人对我们无微不至的关爱；老师对我们的辛勤培育；同学们的帮助……难道我们不应该回报吗？不应该付出吗？不应该感恩吗？让我们像影片中的小女孩那样，时时、事事都心存感激，送一些真诚的关怀给身边的人吧！

　　我爱你——《暖春》，是你让我沉浸在一种道德与情感交融的气氛之中，是你让我在泪水的浸染中，心灵得到一次崇高的净化！

（指导教师：徐继立）

第二部分　洒下人间都是爱

浪花姐姐的爱

徐棣榕

在一碧如洗的大海里，住着许多五彩斑斓、形态各异的鱼，丑鱼班克就是其中的一条，可他长得太丑了，肚子鼓鼓的，头上还顶着个大包，像是被砸了一拳似的。唉，就因为他这副模样，没有伙伴愿意理他，甚至还嘲笑他……

所以，班克常常孤单地游来游去，还好，美丽的浪花姐姐不嫌弃他，经常陪他聊天，鼓励他开心地过好每一天，有时还会带来一些美味让他饱饱口福。班克终于可以笑起来了，是浪花姐姐的爱给了他生活的信心和快乐呀。

有一天，班克又被鱼儿们嘲笑了，他真想到一个没有人认识的地方去好好地哭一场！他游啊游啊，一口气游到了大海边，搁浅在沙滩上！他哭了，此刻的哭不是因为别人的嘲笑，而是因为自己无法呼吸了！他有气无力地张着嘴巴，身上的鳞片都开始干了。他发出凄惨的哭声，也许，也许他就要离开这个世界了……

正好浪花姐姐和同伴们在海边嬉戏玩耍，突然听见沙滩上传来的哭声。"这声音怎么这么熟悉？"浪花姐姐心里充满了疑惑，她奔过去一看，原来是丑鱼班克！她连忙问："班克，你怎么啦？你怎么会在这里！"

班克伤心地说："我、我快要死了！"

"不，你不会死的！"善良的浪花姐姐连忙喊来自己的伙伴——浪花妹妹们帮助班克。她们用尽自己最大的力量，一起向沙滩冲去，然后再退回大海。就这样，班克终于重新回到了大海家园。

经历了这死亡一劫，他明白了生命的可贵。"不管遇到什么挫折，我都应该笑着面对！"他重新找回了快乐，把一切烦恼抛到了脑后，他甚至想学一门技术，有了本事别人就不敢小瞧了，不是吗？"对，我要把这个想法告诉浪花姐姐！"班克激动地甩着尾巴。

于是他游到海边，可怎么也找不到浪花姐姐了！"浪花姐姐，你在哪里呀？"没有人回答他，小丑鱼张大嘴巴哭了。浪花妹妹看见了，连忙问他又怎么啦，小丑鱼说："我找不着浪花姐姐了，我有重要的事要告诉她，你知道浪花姐姐在哪里吗？"

浪花妹妹呜咽着说："你永远见不到浪花姐姐了……因为当时，为了救你，也为了我们小姐妹的安全，她最后一个离开，整个身体都被吸到沙滩里去了，呜……"

浪花姐姐是用自己的生命换来了班克的安全。这是多么无私的爱！班克望着沙滩，望着浪花姐姐消失的地方，哭得更厉害了。

（指导教师：石冯娟）

033

第二部分 洒下人间都是爱

爱，超越仇恨

陆烨飞

地球人谁都不会忘记：2011年3月11日下午，日本发生9级大地震，地震引发恐怖的海啸，并导致福岛核电站泄漏！

这是发生在日本的灾难。日本，一个曾对我们中国犯下滔天罪行的国家，欠下了中国人民累累血债！而此时，他们受灾了，遭难了！有一种声音在我们耳边响起："活该，报应！"是的，日本人曾经屠杀我三十万民族同胞，惨绝人寰！我也曾经在心头升腾过快意，可细想想，那是日本军国主义者所为，我们不应该把历史的罪责迁移到日本人民身上呀。聂荣臻将军曾经在抗日战争的炮火中救起了两名侵略者留下的孤女，这需要多么博大的爱的胸怀！

不是所有的日本人都是军国主义者，就连曾经的日本老兵也对当年受害的中国人民深深忏悔，而我们，面对陷入苦难的日本灾民，理应伸出同情和援助的手。《弟子规》中有这样的句子："凡是人，皆须爱，天同覆，地同载。"我们本同属于生长天地之间的生灵，应该怀着一颗仁爱之心去彼此关怀。关爱他人，才会拥有快乐。在天灾面前，我们拥有同一个名字：人类。

想一想中国的汶川、玉树地震，这些灾难，造成的不是一个人，一个省，一个国家，一个民族单独的痛苦，我们的同胞也曾流离失所，也曾家破人亡，那满是泪水的脸，哪一张不令人痛彻心扉？那些日本普通家庭的孩子和父母，在强震、海啸以及核辐射下的孤独与痛苦，同样令我们难受！因为他们与我们一样，都是有血有肉的人，纵使他们的先辈曾经犯下了滔天的罪行……而且，日本还有那么多华人华侨，更要为他们祈祷，希望他们能创造奇迹。

人的生命只有一次，我们敬畏生命！在天灾面前，让我们的爱超越仇恨，跨越国界，让我们以人类的名义为日本灾民祈福，向日本伸出爱的援手！

（指导教师：宗亚薇）

我 是 谁?

吕　彤

我是谁?

我是一块白铁,无辜的白铁。

你们是谁?

你们是几千人唾骂,万人厌弃的奸臣!

我们原本井水不犯河水,毫不相干,但现在,却融为了一体。

这还得从我出生开始说起:那天我被铁匠拖出了院子,我猜想我要去完成一件大事情了。我会去哪里呢? 正在我幻想的时候,不知不觉中我来到了杭州的岳王庙。

"啊! 好气派啊! 真漂亮!"正当我被岳王庙的风景迷住的时候,突然感觉身上一阵刺痛,尽管难以忍受,但是我还是忍住了,因为我知道,我将变成一个伟大的雕像矗立在这里,受人们的顶礼膜拜。

但是……似乎不对呀!

在我被铸造的时候,我能感觉到铁匠们似乎很讨厌我,他们看我的眼神就像利剑一样;他们一锤一锤地打下来,就像凶神恶煞一般;他们嘴里还骂着:"这个坏良心的东西,这个不知羞耻的混账……"他们个个恨不得要把我吞了似的。可是等我铸造好以后,我才发现悲惨的命运刚刚开始:每个游客都向我翻白眼、吐口水。啊? 为什么会这样呢? 后来我才明白,我被铸造成了你们——四个奸臣:秦桧、王氏、万俟卨、张俊。

我为什么不能像我的兄弟一样,被铸造成岳飞让人膜拜呢! 在宋朝,岳飞英勇抗金,为天下百姓过上安定的生活做出了很大的贡献,老百姓都很爱戴他。而你——罪恶的凶手:秦桧,却欺压百姓,最后还害死了岳飞;还有你——可恶的帮凶:王氏,你是帮秦桧想出"莫须有"罪名的人,而且还说:"放虎归山很容易,可是要再抓住就不容易了。"你也别想狡辩——可

怜的走狗：万俟卨，你把岳飞打得不成人形了，还要狠狠地继续折磨下去；你也别想跑——卑鄙的小人：张俊，是你逼岳飞签了假口供。总之，你们的恶言恶行让老百姓恨之入骨，据说，在我前面已经有八个这样的铁跪像被大家毁坏了。我的洁白之身怎落到这样一个命运啊！

我真想大喊："我不是你们，我只是一块白铁，一块无辜的白铁！"

一年又一年，我的心情一直没有好过。在一个春天，我看到一群戴着红领巾的小朋友来这里春游。突然我听到一个小女孩在读我身边墙上的一副对联："青山有幸埋忠骨，白铁无辜铸佞臣。"听着，听着，我的眼里涌出了泪水，心里也渐渐好受一点了。原来，他们还知道我是无辜的。

我明白了，我只有与你们融为一体，只有永久地站在这里，才能让人们记住历史，记住谁是英雄谁是佞臣，这就是我的使命！那我就继续委屈地在这里完成我的使命吧！

写给灾区儿童的一封信

李泠月

地震灾区的同学们：

你们好！

你们也许不认识我，其实我是你们的老乡。我们同在四川，身在百里之外的峨眉山市的我，心时刻和你们在一起。

你们灾区的情况一直牵动着我们的心。请不要哭泣！你们虽然失去了亲人，但是全国十三亿同胞都是你们的亲人、朋友；房子倒了可以重建，一切都可以重来。灾难让你们失去了许多许多，我完全可以体会你们内心的痛苦。不过请你们相信我们时刻和你们站在一起，陪你们风雨同舟！

坚强一些！勇敢一些！咬紧牙关，灾难会很快过去的，明天会更好！

不要担心！全国人民乃至全世界人民都没有忘记你们！来自世界各地的援助和问候正源源不断地来到灾区，汶川已成为世界的焦点，爱心的中心。同学们！回报爱心的最好方式就是坚强地活下去，好好地学习，长大后为建设祖国建设家乡做贡献！能够从灾难和废墟中活过来是一种幸运，请你们一定要珍惜！让自己的生命更加精彩！

请你们不要为生活和学习发愁，党和国家会帮助你们，人民会帮助你们！

如果你想家了，请想想离开家乡离开亲人来灾区的志愿者；如果你想亲人了，请想想为你们重建家园的战士们；如果你想朋友了，请想想在千里外牵挂着你们的我们……

愿我的书信能带给你们一丝的温暖。

祝同学们

早日重返学校，早日重建家园！

(指导教师：李军)

第二部分 洒下人间都是爱

偷点星星

钱康迪

漆黑的夜晚，我坐着小小的月亮船，在浩瀚的宇宙里飘荡。看到闪闪发光的星星，我就在想，那晶亮晶亮的星星要在我身边该有多好啊！那么我就不会害怕，因为星星的光芒把我那盏灯给点得更亮。这样我就可以去偷点"星星"去了。

每个人的内心深处都有一盏灯，有的人内心的灯火亮一些，照亮了心灵，照亮了希望；而有的人，他们的灯火很暗，稍不留意，那盏灯就熄灭了，希望也随之消失。

我家屋旁有一块荒地，每天晚上，那里的萤火虫最亮，那里的"星星"也就最多。站在田埂上，在我眼里周围朦胧的景幻仿佛便是宇宙。那年夏天的不少夜晚，我和家人吃好晚饭都已超过八点。捉萤火虫便成了我和表妹的"事业"。每天晚上，我们都准备一个白色的小小捕虫袋子，一个玻璃瓶子。我们商量好一起出工，一起收工回家。

别看表妹人小，可心却不小。有一次，她拉住我的衣领，在我耳边悄悄地说："今天晚上，我要把所有的萤火虫都放在我的小玻璃瓶子里，我要把它们全都挂在我床上。让它们和我一起睡。表哥，你帮帮我，可不可以？"我心想，多好的机会啊，我也要把表妹的那盏陪伴入梦的"灯"给点得更亮些。于是，我微笑着说："行！"那天晚上，我们摘的"星星"最多，那夜表妹的心里也一定是最甜最亮的！那夜的我，也做了个奇怪的梦，梦见我们坐着月亮船在浩瀚的宇宙里摘最亮最亮的"星星"，我们没有忧愁，我们可以尽情地释放。

于是，从那时起，我每年总是盼着夏日的早早来临，盼着能和表妹一起捉萤火虫。就是再渐渐长大之后，我也会傻傻地盼望着能偷点"星星"——并不是为了自己，而是想把那些"星星"放在灯火很暗的人的心里，只有他们才最需要温暖与阳光！

（指导教师：赵玲玲）

一片橙黄的感动

邹嫣泥

年前，一场冰雪灾害打破了人们春节前的忙碌。在冰雪纷飞的南方，一个个橙黄色的身影感动了我——"城市美容师"清洁工。

当雪花覆盖着道路时，是清洁工们拿着铁锹在马路上铲冰除雪。

清晨，天蒙蒙亮，我站在窗前欣赏着这白色的世界，忽然，一道橙黄色的风景进入了我的视线。是她们！清洁工！她们手挥铁锹，两个一群，五个一队地清除冰雪，为即将上班的人们铲出一道平整的路来。寒风凛冽着，雪花飘落着，清晨的室外是多么寒冷！即使带着厚厚的手套，她们也经常把手套摘下来搓搓手，用嘴哈出来的热气来给冰冷的双手取暖。那是怎样的一双双手啊！手指粗糙，冻得通红，上面的冻疮甚至都裂开了口子，可她们不叫苦，不叫累，一大清早就顶着凛冽的寒风到街上除雪，为人们服务。我的双眼渐渐涌出泪来，眼前一片模糊，看见的只是那一片橙黄色。她们像一团团火焰，在盲目的白色冰雪中显得格外耀眼。这一团团火焰散发着自己的光和热，不仅融化了冰雪，更打动了我的心。

是啊，清洁工人虽然不起眼，但马路是她们扫出来的，城市是她们用双手装扮的……在抗击冰雪这场家园保卫战中，她们仍像往常一样默默为人们服务，奉献……

有人赞美小草，因为它坚强；有人赞美松树，因为它挺拔；有人赞美莲花，因为它出淤泥而不染……但我却要赞美清洁工人，她们为人们默默奉献！

那一片橙黄，感动了我……

（指导教师：芮新红）

039

第二部分　洒下人间都是爱

第三部分

菁菁校园行

坐在我们曾学习、生活过的教室里，奔跑在我们曾嬉闹玩耍过的操场上，回想着我们之间发生的一桩桩大大小小的往事……突然间有一丝心酸，眼角涌动着不舍的泪花，感觉再也无法克制自己的情感。这里，留下了我们的太多太多：留下了我们奋斗的汗水，留下了我们的酸甜苦辣，留下了我们纯真的情谊，留下了我们歪歪曲曲前进的脚印，更留下了我们快乐成长的欢笑声！

——黄靖为《别了，不舍的"204"》

别了，不舍的"204"

黄靖筠

平时总是抱怨时间过得太慢，转眼间我们就将各奔东西。难忘的岁月，刻下丝丝缕缕的留恋。原来的一切都渐渐远去，只留下一段模糊又好似昨天的记忆。说句实话，不愿意说再见，但是事实就是这样。我们总有一天将会从这里展翅高飞，深情地说声"再见"，这是一个艰难的告别，但或许人生就是这样，在不断的失去中获得，又在获得中忍痛失去。这难道就叫舍得？

说句实话，突然觉得自己正走在一个分岔路口，时间过得真快，究竟是谁"偷"走了我们的时间？为什么时间溜走后不跟我打一句"招呼"？难道我们都被时间"忽悠"了？

一向聪明的我们怎么会被时间给骗了？眼看着小学一千多个日子悄无声息地离开，我们难道就察觉不到吗？还记得那次我们自封"学习成绩最好"的班级吗，那为什么我们连时间的流逝都这么浑然不知呢？

一切的一切都好似过往云烟，只是那些永恒的记忆让我终生难忘，或许人生就是在不断前进中变得成熟、获得永恒。

别了"204"，不会忘记你，永远不会！不会忘记我们的一张张笑脸，不会忘记六年亲如手足的同窗，更不会忘记辛勤培育我们的老师。

"天下没有不散的筵席"六年的小学生活转瞬即逝，弹指一挥间，人生有多少个六年？太多记忆已融化于一线间！我们不会再为一个棒棒糖而大吵大闹，不会为了一句不中听的话而赌气变脸……对小学美好时光的一切留念，更是对快乐童年的"咀嚼"品味，真的好想再回到那曾经嬉闹的岁月、天真无邪的过去。

坐在我们曾学习、生活过的教室里，奔跑在我们曾嬉闹玩耍过的操场上，回想着我们之间发生的一桩桩大大小小的往事中……突然间有一丝心酸，眼角涌动着不舍的泪花，感觉再也无法克制自己的情感。这里，留下了我们的太多太多：留下了我们奋斗的汗水，留下了我们的酸甜苦辣，留下了我们纯真的情谊，留下了我们歪歪曲曲前进的脚印，更留下了我们快乐成长的欢笑声！

别了，204班！不舍的"204"，我们永远不会忘记您！我们会把这里的一切变为我们不断拼搏、上进、成长的动力和源泉，我们会勤奋学习，努力锤炼，立志成为祖国的栋梁之材来回报时刻萦绕于心中的"204"，回报敬爱的老师、亲爱的母校和这个美好的社会！

鞠躬与热泪

沈力诺

"静静的深夜，群星在闪耀，老师的房间彻夜明亮……啊，每当想起您，敬爱的好老师，一阵阵暖流心中激荡……"悠扬的歌声回荡在我们班教室。

上午第一节是语文课，平时课前我们都是诵读诗句，今天却集体唱起了动人的歌曲。为什么呢？因为今天是教师节呀！我们的音乐老师提前策划了这个"秘密惊喜"——让我们在教师节当天的每节课前为每位老师唱一首《每当我走过老师的窗前》。

"谢谢，同学们！这礼物太好了！"杨老师站在讲台上惊喜不已。她微微一笑，接着说："我没有什么回礼了，我就给大家鞠个躬吧！"这怎么行呢，哪有老师给学生鞠躬的？我坐在前排，和同桌不约而同地站了起来，设法想拦住老师，可我们动作迟缓，没来得及，杨老师已经弯下腰，深深地给全班同学鞠了个躬。我离老师很近，有点不好意思了，没想到，老师还真给我们鞠躬了，我们只好接受了，大家都很感动，情不自禁地鼓起掌来……

第二节是数学课。邓老师大踏步地走进教室，听到同学们婉转的歌声，她显得有点意外与激动，"唱得好听极了！"在歌声中，我发现邓老师的眼睛逐渐红了，泪水在眼眶里打转，老师终于忍不住了，眼泪流了出来。她回过身去，试图去擦泪水。我打住了歌声，从包里摸出一张纸巾，缓缓地递给老师。老师接过去，擦过后，眼角似乎还有淡淡的泪痕。这时，许多同学回过神来，停下了歌声。

我默默微笑着，久久凝望着老师。想起杨老师的鞠躬、邓老师的热泪，我也被深深感动了。这真是一个不同寻常的教师节。

(指导教师：沈楚)

柳　篮

张雨婷

雨，淅淅沥沥，丝丝缕缕，我坐在灯下，望着桌上的柳篮，陷入了回忆。

远方的朋友，你还好吗？此刻，你是否也在思念着我？又是一年春花烂漫时，那边的柳树是否和杭州一样，绿得生机盎然？

我的那个朋友，叫小翠，是我三年级时的同学。小翠长得很漂亮，尖尖的下巴，小小的嘴巴，月牙似的眉毛下是一双大大的水汪汪的眼睛。跟她在一起，我总是很快乐。她总能想出很多别出心裁的玩意儿，让人期待。也许，这就是她吸引我的地方吧。

那是一个夏日的清晨，小翠兴高采烈地来找我："婷，我们去河边散步好吗？"我欣然答应。

我俩唱着歌，牵着手向小河边走去。四月的河边，到处是绿。嫩绿、浅绿、深绿、浓绿……绿得能滴出汁来。走着走着，她停住了脚步，望着几棵娇嫩的、在风中摇曳的柳树出了神。我还没问她原因，她就拉着我问："婷，你知道爸爸妈妈为什么给我取名叫小翠吗？因为我出生时，窗外的柳树长得最茂密，把窗子都染绿了，妈妈看着满窗摇曳的绿色，就给我取名叫小翠。"停顿片刻，她继续说："婷，我教你编柳篮吧？"

"什么叫'柳篮'？"我疑惑不解。

"就是用柳枝编成的篮子，很漂亮的，我教你。"小翠说。

我来了兴致，自告奋勇地去收集柳枝。当我捧着柳枝重新站在她面前时，她笑了。因为我浑身是泥，像只泥猴。小翠哭笑不得，叫我去河边洗脸。洗完脸后，我迫不及待地跟她学编柳篮。

小翠的手真巧，她把几根柳枝交叉放在一起，手起手落，柳篮便初具规模了。我呢，笨手笨脚的，编得乱七八糟。

小翠编的柳篮真别致，嫩绿的枝条上几片叶子飘啊飘，整个篮子显得既精致又可爱。

日子就这样一天一天地过去了，我每天都很快乐。

有一天，小翠告诉我，她要走了，要转回老家去念书了，也许，从此以后我们再也见不到了。这消息对我来说无疑是晴天霹雳。我第一次经历离别，第一次体会分离的伤痛。我伤心地问："真的吗？能不走吗？"小翠咬着牙，摇了摇头，眼睛里，闪动着泪花。然后拿出一个柳篮，递给我："这个，送给你做个纪念，我会想你的……"说完，转身就跑。任我怎么呼唤，她也不肯回头。

从那以后，我再也没有见过小翠。小翠，彻底从我的生活中消失了，只有那只柳篮，还摆在我的窗前，尽管，那枝叶已经枯萎，那绿色不再鲜亮……

窗外，雨还在下着。此刻，小翠若与我心灵相通，她一定也在想我，一定很怀念我俩在一起的快乐时光。

（指导教师：金荼娟）

能否再见

吴奕娴

开学初，在电话里得知，我最好的同学转学了。那时，我的脸正贴在窗户玻璃上，感觉眼前出现了一片白雾，还在微微冒着热烟，手不自觉地一摸，哦，是眼泪！

心中感到不尽的疑惑和悲伤，我疑惑她转学后会不会再回来？我们以后能不能在同一个初中读书，能否分在同一个班级？又悲伤有着五年感情的老同学竟然一下子转学了，为什么？

"或许……或许初中时你们还能在一起。"妈妈安慰着我，我遐想：我们会在同一所学校，同一个班级，同一个寝室，同一个小区，同一个……也许我想太多了，可能她这一转，只能等到拍毕业照时再见了；或者是多年之后的同学会；再迟一点，就是年纪大了，老友的下午茶；也许运气好，能在路上碰个面，但又怕对方不一定能认出我，只以为是有过什么一面之交的普通人；将来也说不定在某个敬老院里遇见，那时我们满脸皱纹，头发苍白……可能这也是最后一见，永别了！

我不忍心再想下去，但是我想这一切总得有个再见的时候。很多人会说"天下没有不散的筵席"，我知道。是啊，我也只能这样安慰自己。

何时再见？这是永远不可知的天意，谁能知道这其中的究竟？这种疑惑和悲伤在我脑海里纠缠着。也许，将来我年纪大了，总有一天能知道这里的究竟，能解除我今日的这般苦思！

（指导教师：沈楚）

是该说再见的时候了

陈 琳

是该说再见的时候了，这片伴我走过小学生涯的乐土——母校！

老师，是该说再见的时候了！两年的时光匆匆而过，您在这两年中为我们付出了多少心血，给了我们多少鼓励！记得我刚转学来的时候，您屡次将我请进办公室，对我谆谆教导，让我奋发图强。带上您的教导，我在那一年中，获得了我小学生涯的第一个"第一名"……

黑板，是该说再见的时候了！在这么多年的时光里，您用那一个个符号，一句句文字，给了我刻骨铭心的知识。记得我刚入学的时候，是您一笔一画地教我如何写字，从认识一、二、三到能识千字，这一切都离不开您的功劳！

教室，是该说再见的时候了！在我们求知的时候，是您为我们挡风遮雨，使我们不受干扰。在您的怀抱中，我们收获着知识的果实，享受着甜蜜的成就。您总是在怀抱中摆好整齐的桌椅，日日等待着我们。

操场，是该说再见的时候了！虽然我的体育成绩一直不理想，但在您的身上，我得到了无比的快乐。每日，在阳光的沐浴下，您显示着勃勃的生机：树枝在您的头上摇曳；鸟儿在您的身旁歌唱；我们在您的身上玩耍。您就是我们童年的天堂！

时间，请您慢点走，让我再在这温暖的母校多停留几天，让我再多看一眼这座给予我知识和欢乐的母校！是该说再见的时候了——母校！

（指导教师：李军）

我的同桌——"小沈阳"

吴寒婷

"大家好，我叫小沈阳，沈阳的'沈'，沈阳的'阳'。"咦？他是谁呀？小沈阳？不，他是我的同桌——"小沈阳二代"。

说到这位仁兄，我们都会惊叹道："哎呀妈呀，阳仔来了，嚎——"同时，"小沈阳"也会回答："这是为什么呢？嚎——"一股浓浓的东北口音进入我们的耳朵，甚至会认为他就是从大城市——铁岭——那旮旯来的。

他这个名字还得从那一次说起。"小沈阳"当我同桌的时候，他就开始卖弄起了："我啪啪地来了，哈，看把我妹儿乐的，哎呀，还乐。"老师见此状况，总是会说："快，你的作业还没写完呢！""小沈阳"慌忙地打开漏洞百出的试卷，受不了地说："撒（杀）仁（人）儿啦！"乐得我们前仰后合。

瞧，他又开始说了。这次，他很诚恳地向我这个"免写券暴发户"（免写券：老师为鼓励表现突出的学生而发的一种券，此券可以供拥有者自动选择免写任何一天的作业。）说："借我两张免写券。""好，写个欠条。"我二话没说，给了一句。他张嘴就来："这似（是）为森（什）么呢？""别废话，快写！"他又开始念念有词了："人这一生别把'免写券'看得太重。人这一生最痛苦的似（事）儿，你知道似（是）森（什）么吗？"他摇来晃去，不停地对我眨眼，见我回答不出来，接着上面的话匣子又说了起来："毕业了，'免写券'还没花了。"但还是乖乖地写了"欠条"。没过多会儿，他终于写完了，一张如两根手指一样宽的纸上，写了星星点点几个字。我勃然大怒，叫他写完整，他没办法："这是为什么呢？嚎——"又进行了一次大修改。现在是一应俱全了：连甲方、乙方都写好了。但我突然又舍不得把我辛辛苦苦积攒下来的"免写券"白白借给他，虽然这里有白纸黑字、铁证如山。

我略施小计，说了一句："对不起，没有。"如同受到晴天霹雳打击的"小沈阳"一拍桌子站起来，两眼直勾勾地看着我。我以为火山要爆发了，没想到，他翘起兰花指，对我温柔地说："哎呀妈呀，老妹儿啊，我一看见你吧，嚓——有一种大海的感觉。"他顿了顿又说："你别误会，我吧，晕船，一看到大海吧，就想吐。"听了这话，我也不得不妥协，只好给了他两张。

你知道"小沈阳"是谁吗？他就是我的同桌严陈武。

（指导教师：张洪涛）

我祈祷……

沈亦岑

我祈祷，你的呼吸能像我一样顺畅；

我祈祷，你的脸蛋能像我一样红润；

我祈祷，你的笑容能像我一样灿烂；

我祈祷，明天醒来，你依然还在我们身边……

——给我们的小妹妹琪琪

琪琪，曾经是我们班的同学。班里，数她个子最小，坐在第一排，永远是那么安安静静的。因为先天性心脏病，她的脸上总是紫嘟嘟的，尤其是嘴唇，一年四季都透着不健康的紫色。四年级的那个冬天，琪琪休学了，从此，就再没踏进校园一步，每天，靠着氧气过日子……从此，我们班多了一个共同的牵挂：琪琪，我们的小妹妹，你还好吗？

琪琪篇

窗外，是一片寂静的灰色，灰得沉重，灰得可怕。入春了，风却依然那么刺骨，树，被吹得"沙沙"响，月亮，凄凉地挂在树枝上，月亮啊月亮，明天晚上，我还能看到你吗？

屋内，有空调在吹，暖暖的，可我的心却是冰凉冰凉的。两年了，这两年，我是怎么度过的呢？氧气、点滴；家、医院，这就是我的一切。上学，已经是遥不可及的梦。每次在梦里，我都觉得跟同学们没什么两样，我跟大家一样背着书包，跟大家一样去上学。可每一次，都在即将跨进校门那一刻醒来，醒来的我，呼吸依然急促，胸口依然难受，氧气的管子恐怖的在我眼前晃荡。这氧气瓶，我说不出是爱还是恨，它在我最难受的时候帮助了我，甚至挽救过我的生命，可是，它也打碎了我上学的梦……

为了我，爸爸妈妈无法正常工作，三天两头请假，我，成了他们的累赘！尽管，医生的话我没听到，但是自己的身体自己清楚，因为现在我越来越难受了，连平躺都成了奢侈。

妈妈今天要去上班，妹妹上学去了，家里只剩下我一人。不知怎么的，今天的我，好害怕，好孤独。我强忍住泪水，央求妈妈："妈妈，你别去上班了好不好？万一我没了，你回来了会伤心的。"我看到，妈妈的眼睛立刻红了，她抱着我，哽咽着说："好，妈妈不去，妈妈马上让爸爸去单位辞职……"

妈妈呀，我害怕呀，我好怕一口气喘不上来，一个人孤零零地走……

同学篇

早春的天气，总是那么糟糕，淅淅沥沥地下着小雨，让人的心莫名其妙的沉重起来。教室的最前排，有一对空着的课桌椅，它的主人曾经是一个叫琪琪的女孩，因为总想着她有一天会再回到我们班，所以大家一直舍不得把这张课桌椅给搬走。琪琪，很普通，长得瘦瘦小小的，不怎么起眼，成绩也一般。唯一不同的是那张脸，一直是紫嘟嘟的。自从知道她患有先天性心脏病以后，以前一直喜欢紫色的我，开始讨厌这种颜色。我一直想，要是我有魔法，把琪琪的脸变得红润一些，那该多好！

今天，老师带来一个消息：琪琪的病情加重了，呼吸越来越困难，连平躺都成了问题。得知这一切，大家都惊呆了，教室里，一片寂静，空气，沉闷得可怕。不知谁说了一句："我们去看看她吧，哪怕，只是陪她一会儿。"

嗯，去看看她！

琪琪篇

今天，是不折不扣的晴天，我坐在窗边，阳光洒在我身上，晒得我的脸有些发烫。我想，此刻，我的脸蛋应该红润些了吧。我闭上眼，用鼻子摩挲，啊，我闻到了阳光的味道！叽叽喳喳，我听见了燕子的呢喃，睁眼一看，它们在一棵不高不低的树上搭了个窝。呵呵，春天，真的来了！我枕着阳光，睡着了。

醒来时，居然发现我的床前坐着好几个同学！我揉揉眼睛，怀疑自己又在做梦。不，这次不是梦，是真的！真的是我们班的同学！我好高兴啊！看看我们的大个子沈亦岑，真是人高马大，好像又长高了不少。姜玥也是越来越漂亮了！

看见了我的同学，心里百感交集，连说话都结巴了。她们两个本来就很活跃，现在碰到我，话匣子便又打开了。她们对我说了班里大大小小的琐碎事，讲了班长竞选活动，讲了班队课上拍卖的趣事，讲了我们班坏小子的糗事，还讲了女生怎么制服男生的过程……看她们眉飞色舞的样子，我仿佛也来到了班里，成了她们中的一员，一起跳，一起闹，一起哭，一起耍宝……此时此刻，我感觉自己的病一下子好了，我转过身，透明的玻璃窗上反射出一张笑脸，啊，这是我休学以来，第一次看见自己的笑脸……

窗外，阳光肆意地飞舞着，我的心，也暖融融的……

同学篇

今天，感觉真好！

我从不知道自己的力量有这么大，我们的到来，竟能给她带来这么大的喜悦，我心里暖洋洋的，被一种温柔的情绪充塞着。

回到家，我还是不能平静下来，我为自己能给她带去快乐而自豪，为她又露出了笑脸而雀跃，因为她的快乐，我也好快乐！

琪琪，以后我们一定会经常来看你的，你也一定会好起来的！你那么小，那么可爱，那么年轻，生命的花蕾还没绽放，上帝不会那么残忍，它不会夺走你的生命的！

琪琪，为了你自己，为了我们601班的全体同学，你要加油好起来！

生命是什么？小小的我，从没思考过这个深奥的问题。可是，今天，我体会到了，生命，就是活着，健康、快乐地活着。从没像现在这一刻那么强烈，我祈求上帝赐予我们的琪琪健康的生命，让她和我们一样长大，长大，一直活到老……

（指导教师：金茶娟）

"野"孩子

周雨芸

暑假的时候，我又来到了乡下的外婆家，在这里结识了很多小朋友，这些朋友跟我以往的朋友不同，他们都很"野"。

他们长得很"野"，我每天穿着运动鞋，而他们经常不穿鞋，光着脚丫子在石子路上走，竟然也不觉得疼，我就不行，光着脚，走路都不会了，对这一点，我还真佩服他们。因为正是暑假，很多男孩子基本都不穿上衣，套个短裤衩到处跑，整个人被太阳晒得黝黑发亮，像非洲黑人一般。连女孩子都很疯，套个小背心，赤着脚到处跑。跟他们在一起，我简直称得上是"白雪公主"了。

夏天的太阳火辣辣的，出门我总要戴个棉布做的遮阳帽，而他们却不用，随处都是他们编帽子的材料，有时候是用柳条编成的，有时候是用狗尾巴草编成的，有时候是用竹叶编成的。那样子就跟我在电视中看到的小游击队员一样，很酷。在他们的感染下，我也忍不住摘了自己的遮阳帽，戴上这些绿色的，天然的帽子。

他们玩的游戏很"野"，竹林中，树林里，小溪边全是他们的天然游戏场所。有时候，他们摘下一片竹叶，含在嘴中用力地抿着，腮帮子鼓鼓的，美妙的声音便如灵泉一般涌了出来：有时是小鸟的"喳喳"声，有时是小溪的"汩汩"声，有时是风的"呜呜"声，一点儿也不比口技演员差，让我佩服得五体投地；有时候他们在小溪边拾起一粒小石子，用中指和食指夹着，然后眯起眼睛死死地盯着目标，手前后摆动着，就在那一瞬间，小石子从他们的手中"飞"了出去，石子在水面上滑行，像蜻蜓点水似的轻轻擦过湖面，再看那湖面，依然波澜不惊。那技术，简直绝了；有时候他们在树林里比赛爬树，喊口令的人一声令下，几个男孩子便双腿缠着树，双手抱着树干，"哧溜，哧溜"地向上爬，不过几分钟便爬到了顶端，朝着我们扮鬼脸了。

我的这些朋友虽然很"野"，但我还是很想念他们，希望过年能再见到他们。

（指导教师：金茶娟）

055

第三部分 菁菁校园行

裙子姐姐的复习课

权朝荣

　　五年级的时候，我们的语文老师换成了一位年轻的女老师。她圆圆的脸上闪动着一双大大的眼睛，不高的身材，纤纤细腰，天天穿着长长的连衣裙，犹如一位美丽的仙女，看起来大不了我们几岁，好比邻家的大姐姐。所以，我们偷偷地送她一个"裙子姐姐"的别号，她知道了也不生气。于是，我们正大光明地喊了起来。

　　裙子姐姐的课可有趣了，每节课总能让我们开心不已。就拿这节复习课来说吧！这不，裙子姐姐走上讲台，微笑着说："这次考试，我不出题了。"

　　"裙子姐姐，你不出题，我们做什么呀？"王菲疑惑地问。

　　"没有试题的考试，好玩……"张立高兴地喊起来。

　　"我可以轻松一下了……"顽皮鬼刘柳飞尖叫着。

　　……

　　裙子姐姐笑盈盈地看着我们疯疯癫癫地闹了一阵子，没有言语。转身在黑板上写下一行惊心动魄的话：请大家每人出一套期末试题。可以仿照期中测试试卷的形式。

　　"裙子姐姐，我们不会呀！"先是一个声音，接着是几个声音，然后是一片声音……

　　"不要着急，大家可以问我，我有诀窍呀……"裙子姐姐依旧笑盈盈地说。

　　"上当了！上当了……"

　　"我会从中挑一份最好的作为这次的考题，怎么样？"裙子姐姐接着说。

　　新鲜吧！没办法！同学们还是欢呼着鼓起掌来。

紧接着同学们三三两两地窃窃私语起来。大个子刘流小声说："谁也不许把考题出得太难！"全班同学哈哈大笑起来，裙子姐姐也笑了，微瞋地看了刘流一眼，说："你们可别串通好了捡容易的题出啊，如果考题都不合我的意，我就自己出一份最难的卷子，这可是要家长签字的呀！到时候，被打屁股、揪耳朵、挨耳光……可不要怨我呀……"

　　看见没？我们的老师厉害吧！

　　大家为了避免被挨打，开始出题了。同学们议论纷纷，该出什么题呢？大家都在努力地回忆着、讨论着裙子姐姐课堂上讲的题目类型、知识结构，一会儿翻书，一会儿写，嘴里还不停地念叨着……裙子姐姐看着大家的认真劲儿，脸上一直挂着微笑。

　　考试的日子到了，大家都很兴奋，到底老师会选谁的考卷呢？大家心里嘀咕着。裙子姐姐微笑着把考卷发了下来，大家迫不及待地抓起来一看，不约而同地说："呀，怎么是我的？"

　　原来，裙子姐姐不动声色地让我们积极主动地复习了一遍，我们都觉得那节复习课既轻松又有趣。

　　你说，这样的老师能不让人喜欢吗？

（指导教师：冯秀兰）

幽默风趣的王老师

王佳颖

生活中处处充满笑声，笑往往是快乐的一种展现。不过，严肃的课堂上也会充满笑声。

"丁零零——"随着欢快的上课铃响起，体育课开始了。这是新学期的第一节体育课，我们心中都充满着期待，期待新老师的到来。

"你猜他长什么样？"一个学生问。

"应该是高个子的。"有人回答道。

"是严肃的，还是亲切的？"……

同学们像一锅沸腾的水，叽叽喳喳地议论起来。这时，一个长得并不算高大的人映入我的眼帘。小小的眼睛加上小小的鼻子，利落的头发加上短短的胡子，这就是我们新的体育老师——王老师。

"贼眉鼠眼的，活像一个小偷。"不知哪个同学说了一句。全班同学都笑了，教室里又沸腾起来。如果说刚才是一锅沸腾的水，那么现在就是在沸水里煮鸭子。

"静下来！"王老师的神情立刻变得严肃起来。教室里一下子鸦雀无声。王老师马上又笑了："我可不是小偷。如果我是，那你们就是小偷的学生，不也就是小小偷了吗？那位说我像小偷的同学就是我的第一个学生，而且偷东西的本领最大！"霎时，教室里凝重的气氛一下子没了，每个人都笑得前俯后仰。这时，"哐当"一声，似乎有东西摔在了地上。放眼望去，有一个同学的椅子翻了，人摔在地上了。可仔细一看，他还在笑呢！

"同学们，我说错了！我不是你们的老师！"王老师说。全班同学都糊涂了。"因为我找到一个本领更高的人。他才是我们大家的老师！"王老师把手指向摔在地上的那个人，"看，连笑都会笑到地上，还不痛，一直乐呵呵的。可见功底深厚啊！"说着王老师向他拱手作揖，"老师在上，受学生一拜。""哈哈哈——"同学们又一次捧腹大笑。

这就是我们的体育老师——王老师。有了他，我们的体育课成了欢乐的海洋。

（指导教师：徐凤杰）

第三部分 菁菁校园行

第四部分

有一个地方

　　最雄伟壮观的要数那蔚蓝色的海洋了。一阵阵巨大的海浪骤然掀起，好像要把整个天给吞下去，雪白的浪花宛如一朵朵洁白的天山雪莲，为雄壮的海浪添上了绚烂的一笔。那冲天的巨浪啊，好像是一只大手，伸向湛蓝湛蓝的天空，这是一只怎样的手啊！是一只扼住了命运的喉咙的手，是一只不向命运屈服的手！

——凌晨《夏日风情》

二十年后回家乡

林育丙

我离开故乡已经二十年了，这二十年我一直在国外从事科学研究工作。

今日无意间经过一所学校，一阵琅琅读书声传进了我的耳朵："自在飞花轻似梦，无边丝雨细如愁；独在异乡为异客，每逢佳节倍思亲……"这时，我忍不住泪流满面。已有二十年没回故乡了，我不禁想起了我的亲人、朋友与故乡的一切。

我载着对故乡的怀念，驾驶着"快速空间转移器"这一高科技的交通工具回到了故乡。这种产品可以快速、安全地飞到指定的地方，从美国到中国只需几分钟。在一瞬间，我就回到了故乡长阳。

当我住在自己的别墅，打开窗户时，外面的景象令我惊呆了，长阳广场的中央建了个喷泉，里面的水清澈见底，还可以直接饮用。原来喷泉里面装了个叫"快速净水器"的高科技产品，如有脏水进入，它就自动将其净化。

街道上行驶的车辆都装了微型太阳能吸收器，肉眼看不到，然而整个车辆就是靠它来行驶的。太阳能吸收器的普及，大大减少了空气污染。

道路上都铺上了毯子，两旁种满了奇花异草，散发出扑鼻的清香。从人们的服饰可以看出家乡的经济发生了翻天覆地的变化。

我来到了故乡的田野，昔日我与朋友种的小树苗，如今已变成了参天大树，一个人都抱不下。那树上鸟儿的歌声，仍是那么动听婉转。

正在我欣赏着故乡的无限风光时，从远处走来一个人，请我去他家坐坐，在与他的交谈中，我发现他的言行和我父亲很像，我便询问了一些信息，我惊喜地发现，噢，他就是我的父亲。他与二十年前没什么两样。原来，现在科技发达，研制出了一种"长生果"，吃了能让人返老还童，父亲吃了一粒，现在才会依然那么年轻。

我十分高兴，来到家乡的感觉真好！在我与亲人团聚时，温暖的亲情融入了我和亲人们的心田。

（指导教师：郑红波）

非洲之旅

周泊洋

一只巨大的鸵鸟正张开翅膀，伸出它那又长又有力的腿向我们奔来。在它的右边，是一只巨型金刚，浑身长满了浓密的毛，歪着大嘴傻乎乎地笑着，还跷着二郎腿。大金刚调皮地靠在一只庞大得像一辆卡车似的大象身上，温和的大象好像在望着我们微笑，长长的鼻子一直翘到了半空中……我们正在参加主题为"非洲之旅"的沙雕节，看到了各种各样惟妙惟肖的非洲动物朋友。

一路上，形态各异、五花八门、稀奇古怪的沙雕美不胜收，我们边散步边欣赏。这些来自世界各地的沙雕大师们的杰作真是鬼斧神工啊！我的眼睛被眼前的一头河马吸引住了，我的脚步情不自禁地停了下来：它被一堆熊熊燃烧的火焰包围着，一颗大大的泪珠挂在眼角。它那大大的双眼仿佛有生命似的，眼神是那么的无助、哀伤。一位跟我一样好奇的懂英语的阿姨通过和沙雕大师的交谈，才知道它来自非洲的一个古老神话：很久很久以前，河马长着长长的毛，大伙儿都嫉妒它。最后，大家狠心地把河马的毛给烧了，它非常伤心。可惜，我们对这块遥远的大陆了解得太少，所以难以看懂那些古怪的沙雕作品，每一幅也许都有一个神奇的传说吧！非洲，在你古老的大地上，有多少神秘的文化和悠久的历史等着我们去了解啊！

我们走着，看着，赞叹着！远远的一个高高矗立的雕像映入眼帘，看他的打扮显然是位中国古代官员。走近一看，他头戴官帽，身着明代官服——上面绣着好几条栩栩如生的蟒，腰间系着一条雕有花纹的玉带，右手紧紧地握住宝剑，脚踏波浪，披风在他身后飘扬。整座沙雕足足有三米高，异常威武。我定睛一看，这不是郑和吗？他怎么会出现在这里？难道他到过非洲？查了资料，我才恍然大悟：原来，早在西方人抵达非洲前，郑和就带领船队到

064

过非洲东海岸。在肯尼亚首都博物馆里，至今仍陈列着郑和船队带去的瓷器碎片；在南非国会图书馆，还存放着一张当年郑和赠送的中国古地图的复制件。

一座座千姿百态的沙雕作品，无不散发着浓浓的非洲风情。我第一次感觉自己离非洲这么近，这么近。这真是一次奇妙的"非洲之旅"啊！非洲，我想更多地认识你、了解你！

赶 海

吴晓宇

　　我们村西紧靠着大海，我和小伙伴经常一起去赶海，这儿真是我们的乐园。每当退潮时，靠岸边的浅滩就裸露出来。如果天晴，没有风，你会看到像"O"形的蛤蜊眼儿。用小叉往地上一扎一挑，泥分两半，蛤蜊居中央，你看，它还直向你吐水呢。只要有耐心，不一会儿就能挖到大半篮。

　　随着潮流往里走，不远处是一片海草地。这儿不仅蛤蜊又多又大，而且蟹子、虾、海螺什么都有。捉蟹子可有趣啦！潮水退去蟹子就慢慢地横着爬行。你一走近它，它立刻会擎起两柄铁钳似的大夹向你示威。瞧，瞪着长长的眼睛，张牙舞爪，威风凛凛，仿佛在说："你想尝尝我'铁钳'的厉害吗？"你稍一迟疑，它便会乘机溜掉。不过，对付它我们还是有办法的：拿小叉往它前面一扎，它就会用两只大夹死死地钳住叉齿，这时把小叉迅速向篮子里一放，凶猛的"蟹将军"就轻而易举地成了俘虏。海草深处，还有长臂虾。长臂虾再狡猾不过了，你刚要捉它，它便全身缩成一团。你伸手一触它，它便猛地把全身弹开，如果没戴手套的话，它的尾刺和尖爪准会把你的手刺破。

　　最有趣的要算拾海螺了。海潮一退，蠢笨的海螺就着了慌，它在泥沙里拼命地爬呀，爬呀，爬到一个可隐藏的地方，在泥沙里一蹲，一动不动，就自以为平安无事了。可它们却没有想到，在自己逃亡的过程中已留下了一道粗粗的痕迹，顺着痕迹，你很容易就能捉到它们。要是赶在清明节前后海螺繁殖的时节，你就太走运了，常常会看到有好几个海螺在一起"聚会"呢。但遗憾的是，现在这些海鲜比前几年少多了，这是因为人们滥捕滥捞的缘故。我多么希望人们能珍惜大海的资源啊！

（指导教师：邓栋涛）

夏日的巴厘岛

张其然

今年暑假，我来到了印度尼西亚的旅游胜地——巴厘岛，异国他乡的夏日，还真是别有一番情趣。

一到巴厘岛，满眼都是金色的阳光，湛蓝无云的天空，碧蓝清澈的海水，金黄的沙滩，整齐而又千姿百态的热带树木，漂亮的木头小屋，还有满脸洋溢着快乐笑容的各国游客，像是美丽的人间仙境一般。

虽然巴厘岛靠近赤道，而且处在南半球，但是温度却并不高，反而比我们中国还凉爽许多，那是因为巴厘岛有一台功力强大的天然制冷"空调"——海风。站在小海轮的甲板上，一阵阵清凉湿润的海风吹在我们的身上，消去了我们身上的酷热，随之而来的是只有在秋天才能感觉到的凉爽和舒适，还有带着淡淡的花香的空气，顿时，让我们感觉神清气爽。

迎着海风，我和妈妈划着小船来到了动物的天堂——海龟岛。首先映入眼帘的是一群"身强体壮"的大海龟，这些海龟比我的课桌还要大，一边沐浴着阳光，一边悠闲地在池中游来游去，享受着阳光，享受着舒适，享受着生活。另外一个池中，是一群活泼可爱的小海龟，它们旁若无人地相互追逐着，嬉戏着，溅起了无数的水花，像不停地在向我们示威，多可爱的小海龟啊！于是，我不管三七二十一去抱起了一只小海龟，小海龟不停地拍打着四肢，好像在说："快放我下来！我要去玩！"我只好把它重新放回水中。海龟岛不光有海龟，还有各种各样的稀有的鸟类，这不，一只顽皮的鹈鹕飞到了我的胳膊上，朝着我大声地叫了几声，好像在说："我们能交个朋友吗？"

巴厘岛最有趣的游戏项目要数飞电伞了。在海面上，一艘快艇拉着飞电伞，我和妈妈双手抓着飞电伞，直到跟着飞电伞在五十米的高空翱翔。我终

于可以飞上湛蓝的天空体验风驰电掣的感觉了，看着下面的人们都变得像蚂蚁那么小了，听着妈妈的尖叫声，真刺激。

　　夏日的巴厘岛令我永远难忘，凉爽的海风，可爱的动物，还有那拥抱蓝天的感觉。

（指导教师：张洪涛）

夏日风情

——海南三亚的美景

凌　晨

暑假，我有幸跟着爸爸一起来到了海南，来到了一座美丽的城市——三亚。

这里的景色十分迷人，让人看了又看，醉了又醉……

最令我难忘的还是三亚的那片迷人的海滩。海滩上细碎的沙子将整片海滩挤得密密实实，高低起伏，层层叠叠。太阳升起来了，整片沙滩都闪耀着金灿灿的光芒，仿佛为大地披上了一件华丽的黄金长袍。其间似有似无地闪烁着银白色的光辉，真像黄金上镶着的几颗钻石，真是锦上添花啊！

沙滩的另一边，几棵椰子树随风摇曳，奏响了一首欢快的华尔兹。"沙沙沙，沙沙沙……"听着椰子树与椰子树之间的呢喃细语，真是一种快乐的享受！

最雄伟壮观的要数那蔚蓝色的海洋了。一阵阵巨大的海浪骤然掀起，好像要把整个天给吞下去，雪白的浪花宛如一朵朵洁白的天山雪莲，为雄壮的海浪添上了绚烂的一笔。那冲天的巨浪啊，好像是一只大手，伸向湛蓝湛蓝的天空，这是一只怎样的手啊！是一只扼住了命运的喉咙的手，是一只不向命运屈服的手！海鸥、海燕为你欢呼，海洋满是令人震撼的海浪声！片刻后，海水似乎是累了，渐渐地退了下去，海滩重新恢复了平静，一切竟是那样的祥和、宁静，很难想象几分钟之前这里是那样的雄伟壮观。

夕阳渐渐西沉，夜幕悄悄地降临了。也许是污染少的原因吧，海南的夜空特别明亮，几颗明星照在大地上空，显得格外醒目，月儿将朦朦胧胧的月光洒在沙滩上。我静静地躺在沙滩上，让月光洒在身上，倾听大海退潮的声音，不禁进入那甜美的梦乡……

　　海南，我爱你那闪闪发光的沙滩，爱你那高大的椰子树，爱你那雄伟壮观的滔天巨浪，爱你那布满星辰的夜空……

（指导教师：张洪涛）

家乡的元宵节

吴　平

今天是元宵节，清晨，按家乡的习俗，要先放一支爆竹，再吃饺子。只有一个饺子里放一枚硬币，谁吃着了就意味着谁将"富贵荣华万万年"。中午吃元宵，圆圆的，甜甜的，吃了保准你的梦也是甜的。

到了晚上，家家院子里的红灯笼亮了起来，深蓝而高远的天幕上，静静地挂着一轮玉盘似的明月。街上，行人渐渐多了起来。村子里往年放烟花的那片空场上，人更多。人们在指指点点，欣赏着各式各样的花灯。场中央堆放着一箱箱烟花。这么多的烟花，是我从未见过的。

也许是嫌乡亲们到的还不够多，或是为了添热闹，一伙耐不住性子的年轻人敲起了锣鼓，围着大半个村子边敲边喊："放花喽，快出来看花呦！放花喽……"脚腿勤快，围赶着凑热闹的孩子们一拥而上，抢过锣鼓也卖劲地敲起来，虽谈不上有节奏，可也敲得人心里畅快。

熟悉的带着浓浓乡土味的欢笑声，飘荡在村子的各个角落。

空场上，里三层外三层地站满了人。村支书站在场中央，挥了挥手，等人群稍静后，神采飞扬地大声宣布："我村2006年烟花晚会现在开始！"话音刚落，鞭炮齐鸣，周围成了一个"噼里啪啦"的响亮世界。这是今晚闹元宵的序幕。放完鞭炮之后，是燃放烟花。五彩缤纷的烟花绽放在夜空中，照亮了天，也映红了大人、孩子们的笑脸。"看，那是梨花，开得真旺！""还有朵金丝钩大菊花！""今晚，这花太棒了！"我身边的几个年长者，仰着脸在称赞着。"妈妈，我要，我要！"一个刚会说话的孩子，指着天空的烟花，缠着妈妈。

　　烟花放完了，元宵节随之进入第二个高潮。听，路边的卡拉OK唱起来了：平日里沉默寡言的李老汉，一段《智取威虎山》让人刮目相看；年轻的姑娘拿起话筒，献上了首流行歌曲；还有那充满稚气的童谣，唱出了父母的希望。

　　我爱家乡的元宵节。

（指导教师：邓栋涛）

美丽的西湖

陈佳慧

上学期在语文课本里我读了《西湖》这篇课文后，美丽的西湖给我留下了深刻的印象，做梦都想去看看。国庆节期间，妈妈带我去了西湖，终于实现了我这个愿望。

早晨，我们到长途车站坐上旅游大巴缓缓地驶向宁杭高速公路，呀，高速公路长得像一条走不完的布条。路两旁是一棵棵整齐的树木，它们仿佛像调皮的孩子在和大巴车赛跑，只不过是往相反的方向跑。我还看到许多连绵起伏的山峦，正如课文里写的："一山青、一山绿、一山浓、一山淡，仿佛一幅优美的山水画。"

中午，我们来到了美丽的西湖，我感觉这里一点也不陌生，好像什么时候来过似的。湖边游客川流不息，把西湖围了个水泄不通。随着人流来到有名的断桥，我左看右看也看不出哪里断了，妈妈笑着告诉我："断桥不是真的断了，说的是冬天断桥上积满了雪后，最上面的雪融化了，远远望去就像一座断了的桥。"午后，我们坐上了游船，当游船慢慢离开岸边时，我的心就随着游船在湖面飘荡。我看到了湖心的三座小岛，听船夫介绍，那是小瀛洲、湖心亭和阮公墩。据说阮公墩每年会下沉三毫米，岛上还有国家二级保护动物夜鹭鸟呢！远处是雷峰塔和宝淑塔，它们背后有着许多美丽的传说。

临近傍晚时分，我们抓紧时间去了灵隐寺。寺前有冷泉和飞来峰。寺里有天王殿、大雄宝殿、药师殿等。走马观花后来到湖边，湖水在夕阳的照射下闪着金光，柳枝倒映在湖面上，仿像在照镜子，这情景格外美丽。晚上，五颜六色的灯光倒映在湖面上，仿像一条条火蛇在游动，让人迟迟不愿移动脚步。

啊！西湖迷人的景色将永远映在我的脑海里。

（指导教师：王成）

073

第四部分 有一个地方

又忆大海

张坤宁

远了，远了，越来越远了，看不见了。直到它随着海浪，消失在我的视线里，我才带着不舍与依恋踏上了归途。

那是只漂流瓶，我自己做的，里面有蓝色的细沙，几颗幸运星，一张纸，纸也是蓝色的。我在纸上写下了我的秘密和心愿……

又想起了去年暑假与大海亲密接触的那几天，那时真的是忘掉了一切，脑袋里只剩下了蓝色的大海。

我看到了大海！那里的蓝天干净得容不下一粒尘埃，空气似乎也是咸咸的，咸得自然，咸得叫人舒服。海风是清新的，凉凉的，好像真的有一颗薄荷糖，在风中慢慢融化，真想张大嘴巴，啊呜啊呜，把这海风吃进去，又想找一个瓶子，把这海风装进去，好让这特别的味道每时每刻陪伴着我。

我上了小艇。静静的大海，仿佛一个酣睡的少女。小艇划过，背后溅起飞翔的浪花。太阳很好，阳光挣脱了天空的怀抱，洒到海面上，跃上溅起的水花，海上顿时盛开出一朵朵金色的花儿。再往远处开去，离沙滩有几百米远了，我忽然发现，原来海水是那么蓝，蓝得纯净，蓝得清澈。眺望着海天交界的地方，天空也是那么的蓝，湛蓝湛蓝的，像进入童话世界一般。或许是在海的映衬下，天空也显得水汪汪的，白云朵朵，像是一块块白色的礁石。这景象给我一种感觉：海，是地上的天，天，又是头顶的海。啊，大海和天空是孪生兄弟吧，要不，它们怎么长得这么像？

当然，我还干了别的——游泳。不像在游泳池里那样奋力往前游。套着泳圈，趴在海面上，闭上眼睛，倾听着哗哗的海浪声，任凭一个又一个浪把我一点一点推向沙滩……还有，捉螃蟹、捡贝壳……

啊，我又开始想念大海了。妈妈说，明年吧，明年放暑假了，我们再去。

噢，明年？我开始期待……

第五部分

甜蜜幸福港

　　我以为爸爸的肩膀无所不能，直到有一天，爸爸的肩膀上贴了膏药。一股浓浓的膏药味，让我猛然意识到，爸爸并不是金刚不坏之身，他身上的零件也需要保养和维修。

——高晓明《爸爸的肩膀》

爱，怎能忘

苏惠东

　　"你小时候真磨人，整天得抱着，连睡觉的时候都要大人抱着，否则又哭又闹的……"记不清妈妈曾多少次这样描述着，只是每次说起时，她脸上漾着的笑容都像秋天的稻谷那样充实而灿烂。

　　可调皮捣蛋的我长大了也没让妈妈省心。这不，在参加体育训练时，我不留神摔了一跤，经诊断右脚韧带大面积扭伤。看着踝关节急剧变肿，强装男子汉的我硬是憋着眼泪。医生左捏捏，右揉揉，抹上药水，再三嘱咐要休息十天才能走路。望着我肿得像发酵的面包似的脚，妈妈的眼睛比我还红，"孩子，疼吗？"温柔的声音里带着一丝哭腔。那一刹那，我的泪水竟不由自主地哗哗直流，伤在儿身，疼在母心啊！

　　我的脚每隔一天就要到医院换一次药，可我家住在四楼，每逢到医院换药都是妈妈受罪的时候。体重只有九十多斤的她费力地背着七十斤重的我，蹒跚着爬上爬下，她常常累得上气不接下气，有时甚至不得不停靠在楼梯旁稍作休息。听着妈妈吃力的喘气声，望着她从额角不断渗出的豆大汗珠，我的鼻子一酸，不争气的泪珠和着妈妈的汗珠一起向下滑落。躺在医院的长椅上，看着妈妈跑前跑后，连汗都顾不得擦一把，那一刻，我真恨自己，本以为长大了可以为妈妈分忧解难，可谁承想现在却成了妈妈更大的包袱，真不该！

　　这次受伤让妈妈为我付出了很多、很多。当我每天晚上脚疼得睡不着，在床上翻来翻去时，是妈妈轻轻拍着我，用温和的话语抚慰我；当我躺在床上闲着无聊时，是妈妈拿着课本耐心地为我讲解着；当我昏昏沉沉睡着后，是妈妈在为我精心熬着汤羹……

　　那天晚上我做了一个好梦：我站在联合国会议中心大声呼吁，全世界的孩子请爱护自己的妈妈，当我们在无力回报她时，就让妈妈少操心，为她揉揉酸疼的肩背；当自己长大时，就请为妈妈多做一些事，分担她沉重的负担……

当我久久沉浸在梦乡时，突然感到有人正在轻轻推我。睁开蒙眬的眼，原来是妈妈在喊我吃早餐。望着妈妈布满血丝的眼睛和日渐消瘦的脸，我又是一阵难以抑制的心酸。

妈妈爱我，我爱妈妈，我永远都不会忘记妈妈的爱。如果有下辈子，我想做妈妈的妈妈。

（指导教师：印晓红）

第五部分　甜蜜幸福港

爸爸的肩膀

高晓明

爸爸是家里的顶梁柱，他的肩膀就像泰山一样敦实。爸爸说，年轻时在生产队干活，挑二百斤东西，也能行走如飞。

爸爸的肩膀让我很快乐。小时候，经常骑在爸爸的肩膀上，抱着他的脖子"骑大马"。爸爸反应迅速，十分配合。有时候，我还会搞点恶作剧，揪揪爸爸的头发，咬咬爸爸的耳朵，爸爸总是很夸张地求饶："大灰狼吃小白兔啦！救命啊，饶了我吧……"我笑得前俯后仰，爸爸总是说，"抱紧了，抱紧了……"

爸爸简直就是我们家的超人，山里家里的活，样样在行。秋忙季节，我经常到山里打下手。花生摘下来，一袋一袋的在地里放着，但是太沉，我拉不动。这个时候，我总是说："爸爸，上！"只见他，左手轻轻一推，右手一抢，扛起来就走。刨地瓜时，爸爸总是把镢头抢得老高，肩膀、胳膊上的肌肉，一大块一大块的。邻居们都说，爸爸最能干，不惜力。

我以为爸爸的肩膀无所不能，直到有一天，爸爸的肩膀上贴了膏药。一股浓浓的膏药味，让我猛然意识到，爸爸并不是金刚不坏之身，他身上的零件也需要保养和维修。第二天，我主动给爸爸贴膏药，爸爸说："我教你一个手到病除的绝招吧？绝对简单。"妈妈找来了拔罐器，爸爸教我怎样用。我用手摸着爸爸的肩膀寻找着拔罐点，虽然看起来还是那样结实，那么有力量，但岁月却在里面留下了伤痕。几个罐子拔下去，肩膀上留下了几个圆圆的红红的印记，有的甚至发紫了。用手摸摸，高出了皮肤表面，"不疼吗？""没事，去去火就好了。"他从不说苦叫累，总是说："男人要勇挑重任。"

爸爸的肩膀厚实，承载着全家的快乐；爸爸的肩膀宽阔，可以包容一切。现在，我已经长大，我要用我的肩膀，为爸爸分忧。

（指导教师：董秀美）

"小气"的爸爸

杜 飞

爸爸今年只有三十六岁，可他全无一点儿"年轻人"的样子。他整天穿着一身老式的褪了色的中山装，脚上穿的是妈妈做的灰布鞋，从他这身打扮，一眼就可以看出他是个很土气的人。妈妈多次劝他买套新衣服，他却从来不听。

爸爸的小气在村里已经出了名，他不仅对自己小气，对家人也是一样。谁都知道我有这么个小气的爸爸。我们一家没少因为爸爸的小气生过气。今年春节，妈妈背着他买了一套新西服和一双皮鞋，爸爸却说："你真是的，我这衣服不是好好的吗？省点钱有什么不好？"听了爸爸的这番话，妈妈生气地把衣服和鞋扔进了衣柜。

可是，最近发生的一件事，却让我改变了对爸爸的看法。那天早晨，邻居陈海家不幸失火，在乡亲们的帮助下，大火总算扑灭了。虽然没有人员伤亡，可房子、家具全烧光了，看着那烧焦的残砖破瓦，陈海的妈妈伤心地哭了起来。陈海的爸爸也蹲在地上闷声不响，一个劲儿地抽着烟。这时候，只见爸爸来到陈海爸爸的面前说："兄弟，别难过了，只要没伤着人就好，有人以后就会啥都有的。"说完，毫不犹豫地从上衣口袋里掏出几张钞票说："这四百元你就先拿去用吧！""不行，我怎么好意思用你的钱呢？以前我曾骂过你，你都没计较过，现在还拿钱给我，我心里实在是很过意不去。"陈海的爸爸低着头，眼里噙着泪花。爸爸一听，拍着他的肩膀说："那已经是过去的事了，不要再提了，都是乡里乡亲的，谁家没个七灾八难，你就收下吧！就当是我借给你的吧。"陈海的爸爸见推却不过，只好含泪接过了钱。

看到这一幕，爸爸的形象在我的心目中突然间变得高大起来，就连乡亲们也连连称道。这时候，我意识到原来以前我们都错怪了爸爸。

我爱我"小气"的爸爸。

（指导教师：林亚松）

079

第五部分 甜蜜幸福港

爱在不经意间

何　洁

1月1日，2月1日……12月1日了，妈妈外出打工，快一年了。

12月24日，平安夜。我又拨通了电话。

"妈，现在忙吗？"

"哦，不忙！女儿最近身体好吗？听天气预报说，你们那儿可要下雪了，你要注意保暖呀！"妈妈的声音略显沙哑，时不时地还咳嗽几下。

"妈，你是不是生病了？"

"没有，有一口痰噎住了，所以刚才咳了几下。"

"妈，你不要骗我，如果生病了，就去医院看看！"

"知道了！咱宝贝懂事了，知道疼人啦！"母亲从电话里又传来了几声轻微的咳嗽。"好好学习，最近几天会有一个快递，里面是一些你喜欢的东西。妈妈春节就回来！那时候我们再聊！"说完母亲就挂了电话。我还想说几句，可电话那端却传来了一阵忙音。而这次通话的时间还不超过两分钟。

12月25日，圣诞节。快递把东西寄来了，拉开一看，都是我的最爱和一封信，信里写道：

　　亲爱的宝贝：你真的长大了，知道关心身边的人啦。你那天的电话是我四十岁的生日最好的祝福，我真的很高兴！

　　　　　　　　　　　　　　　　　　幸福的妈妈

　　　　　　　　　　　　　　　　　　2009年12月24日

我愣住了，原来……原来妈妈正在等待着爱与温暖，我不经意的一次电话，居然……

（指导教师：钟建红）

藏在心底的爱

古国鑫

我的父亲是一名军人，由于工作的特殊性而常年在外，一年里也回不了几次家。家对于父亲来说就像个驿站，每次都是休息一两天又开始了新的征途。每当父亲回家探亲，我都不愿意与他一同上餐桌吃饭，甚至不愿意张嘴叫一声"父亲"。

然而，不久前发生的一件小事，拉近了我和他之间的距离。记得在一个清晨，一阵急促的敲门声把我和妈妈从睡梦中惊醒，原来是父亲回来了。当时积压在我心头的不满，像火山一样爆发了。我埋怨父亲为什么不像别的父亲那样常年在家，为什么不能领着我陪同妈妈一起出去玩。我使劲儿地和他吵，和他顶撞，将我想说的话统统倒了出来。最后，我哭着把父亲的行李扔出了门外，告诉父亲从此不是家里的成员……

面对突如其来的顶撞，父亲完全气呆了。好一会儿，他才回过神来举起大手，我扭过脸去等着巴掌落在脸上。但是得到的却是父亲无声的拥抱，那时，我感受到父亲的心跳得特别快！我看着父亲的眼里流露出一种从未有过的痛苦与无奈。我觉得很纳闷。

两天以后，父亲打点背包准备回部队了，妈妈做了很多好吃的菜。在饭桌上我不经意地看了父亲一眼，我的眼神定住了。父亲的两鬓竟多了好几根银丝，脸上也多了好几道皱纹。我怔怔地捧着饭碗，突然感到一种莫名的惆怅和内疚。

父亲吃过饭，拿起行李在走出大门前对我和妈妈说了一句话："这么多年，我什么也不能给你们，我所给你们的只是无尽的等待与眼泪，原谅我！"听了父亲的话，我和妈妈都哭了。我走到他身边终于鼓起勇气叫了一声"父亲"。声音里饱含着忏悔和内疚。父亲愣住了，盯着我看了好久，一行热泪从面颊上滚滚落下。笑着使劲点了点头。我哭着对父亲说："父亲，军功章里有你的一半，也有妈妈的一半，还有我的一半……"

望着父亲远去的背影，我明白了，父亲为了保卫国家和人民的安全，只好将对我和妈妈的爱深深地藏在了心底。我这才真正感受到父亲在冷漠淡然之中无时不在关心我爱护我，父亲，您知道吗？女儿也早已将您的父爱深深地埋在了心底。

（指导教师：姜广生）

妈妈的"冰糖葫芦"

傅晓雯

"冰糖葫芦——好吃的冰糖葫芦——"家门口又传来熟悉的小贩的吆喝声。

每当这个时候，我都要出去看看那一串串晶莹剔透的冰糖葫芦，然后软磨硬泡非要妈妈给我买一串。她起先总是不同意，但最后拗不过我，一定会给我买一串。

我自然很高兴，还没放进嘴里，妈妈就一把抢了过去。"是妈妈付的钱，所以我有权先吃哦！"妈妈做出一副无赖的样子。"啊！那好吧！"我看着妈妈吞下第一颗冰糖葫芦，嚼了一下，又吐掉："这冰糖葫芦味道不对，我就说路边摊不卫生，这串冰糖葫芦得销毁。""骗人！妈妈你自己吃了还不许我吃！"我大声喊道。"那——妈妈给你做吧！保证比买的好吃！"她笑着对我说。"真的吗？太好了！"我开心地欢呼起来。

此后，妈妈到处查阅有关做冰糖葫芦的资料，三天之后，终于开始动手做了。妈妈买来了一大堆食材，独自在房间里倒腾起来。好一阵子，房间里都没动静，我不知妈妈在干什么。突然，房间传出了一阵"哧哧"声，看来我马上就能吃上冰糖葫芦了！那"哧哧"声响了一会儿又安静下来，我都有些迫不及待了。

终于，房门打开了。一脸笑吟吟的妈妈手握一串有各种水果搭配在一起的"冰糖葫芦"，开心地对我说："宝贝，妈妈的承诺实现了，你快尝尝！"我从妈妈手中接过"冰糖葫芦"，却在不经意间看到了妈妈那双伤痕累累的手，还有额头上那细密的汗珠。我感动极了，满足地咬下一口，甜甜地笑了："妈妈，真好吃！比路边卖的还好吃！""那就好！"妈妈欣慰地笑了。"那妈妈下回还给你做行不行！""好啊！我最喜欢妈妈做的糖葫芦了！不过，妈妈下回做的时候要叫上我！"我也想为妈妈做一串带着我满满爱心的"冰糖葫芦"。

　　"冰糖葫芦——好吃的冰糖葫芦——"家门口小贩熟悉的吆喝声再次传来，此刻我却安静地坐在妈妈身边，专注地看着妈妈熟练的手法，时不时为妈妈擦去额头上的汗珠……

（指导教师：钟建红）

妈妈是个独生女

翟睿冰

我是个独生女，我的妈妈也是个独生女。对于我这个女儿，妈妈可是有一本独特的"育女经"，在这本经书的封面写着这样的文字：正因为你是独生女，才更应该让别人看起来不觉得你是个独生女。从我咿呀学语开始，妈妈便用她与众不同的方式陪伴着我的成长……

"不行……""你必须自己穿！""不——穿——"我光着身子站在床上，双手叉着腰，活像一只倔强的小公鸡，而妈妈则站在床边，瞪着那双漂亮的大眼睛怒视着我。一股浓浓的"火药味"弥漫在空间不大的卧室里。

"哐当……"妈妈再也无法忍受我的无理取闹，摔门而去……我被独自留在了空荡荡的房间里。

"哼，不给穿就不给穿，以为我自己不会穿吗？有什么了不起的……"大约用了二十分钟的时间，我才将自己的衣服"穿好"，我嘟囔着跳下床去找鞋子。这时，门开了，妈妈进来了，她瞪大眼睛惊讶地看着我足足有三十秒，我得意地说："哈哈，妈妈，我自己会穿衣服了……"这时妈妈忍不住大笑起来，"有什么好笑的呀？"于是我踩着小凳子看着镜子里的自己：毛衣穿在了最里面，秋衣套在了毛衣上，棉袄穿反了，扣子没系上，袜子只穿了一只，另一只脚光着……"哈哈哈哈……"我也情不自禁地笑起来。

那一年，我三岁，学会了自己穿衣服，自己洗脸、洗脚，开始自己单独睡觉。

"你吃不吃？""……""我再问一遍，吃还是不吃？"妈妈的忍耐似乎到了极限，而我则不耐烦地用筷子搅动着碗里的面条，眼里露出不屑的神情。"你是真的不吃？""我不想——"正说着，我面前的饭碗像变戏法一样——没了。再一看，我的碗里空空的了，"面条们"已经集体搬家，搬到妈妈的碗里了。妈妈还义正词严地交代奶奶，在送我上幼儿园的路上不准给我买零食吃。那个中午直到晚上，我一直饿着肚子。可以想象晚饭时我是如何的狼吞虎咽吧！呵呵！第二天中午饭，依旧是面条，可我却像被套上了紧箍咒的孙悟空，怕师傅念咒语，二话没说便把自己的面吃得光光了。

那一年，我四岁。学会了不挑食，还学会了不乱花钱，不吃零食。

"妈妈，我自己洗的袜子可臭了，你帮我洗洗好不好呀？"我一脸狡黠地说。"不行，自己的事情自己做。"妈妈的回答没有一点商量的余地。"难道你不嫌臭？"我反问道。"不嫌，反正袜子穿在你脚上，臭的是你自己啊！"在我看来妈妈是那样的无情。"哼，一点面子也不给人家。"我嘟囔着又坐到了水池边的小板凳上，费力地洗着自己的袜子。

那一年，我五岁。不仅学会了洗袜子，还学会了洗头、盛饭、端碗、摆餐具……

因为有了个独生女的妈妈，我成了别人眼中乐观阳光的女孩，多了份自立，少了份娇纵；因为有了个独生女的妈妈，我在生活中学会了坚强，多了份勇敢，少了份胆怯；因为有了个独生女的妈妈，我明白了责任的内涵，多了份担当，少了份退缩……

我庆幸，有个独生女的妈妈；我庆幸，我也是个独生女。

(指导教师：纪红星)

一个小学生的编年史

崔清源

每个人的记忆，都是一个人的编年史。

十二年过去了，走过懵懂的童年时光，拥抱青葱的少年岁月，无数的碎片沉淀在我的记忆中，沉淀为我闪亮的幸福生活。

三岁，爸爸妈妈带我去柳林河玩。回到家门口，我看到卖羊肉串的正吆喝得起劲。爸爸发现我一直盯着，摸着我的头说："儿子，这地方的不卫生，爸爸回家给你做。"爸爸把我们送回家，又去沃尔玛买羊肉串。我高兴得在家里又蹦又跳，一点儿都没想到爸爸带着我们玩了一天，也已经很累了。一小会儿，爸爸回来了，跑得满头大汗，连歇都没歇就一头扎进了厨房做起了羊肉串。我吃着爸爸亲手做的羊肉串，高兴得在家里跑来跑去。

在我上二年级的时候，爸爸去了深圳工作，一年只回来一两次。我特别想爸爸，有时候看到别人的爸爸到校门口接，就偷偷掉眼泪。我问妈妈为什么爸爸要去深圳。妈妈说："为了让咱们生活得更好啊！"虽然爸爸离我们很远，但是，我能感觉到他就在我身边，他每天都给我打电话，问我的学习成绩和身体情况，会给我邮许多书籍和玩具。假期带我玩遍了整个深圳，在大小梅沙洗海水浴，还带我去了香港和澳门呢。

从三年级开始，为了在班里名列前茅，为了补充更多的课外知识，我开始上课外辅导班了，有奥数、英语、国学，那时我还很小，妈妈不放心我自己坐车，总是利用倒班吃饭的时间来接我。每次她都是一边听我讲学校的趣事和一天学到的知识，一边在风里啃着面包。

眨眼间，我已经上六年级了，课程更紧了，虽然我感到很累，但是我觉

得很踏实，因为爸爸妈妈的爱始终围绕在我身边。

　　一个小学生的编年史又会有什么了不起呢，但这些记忆碎片让人温暖和幸福。

　　詹姆斯·奥本汉告诉我们：笨人寻找远处的幸福。而我，真的找到了身边的幸福。

（指导教师：马艳萍）

暖，是彩色的

何钊莹

暖，是一种温度。我觉得，暖有颜色，你看——

暖，是那纯洁的白色。

每当早晨起床，就可以看到餐桌上，摆放着热气腾腾的稀饭，还有我最爱吃的刀切馒头、牛奶、荷包蛋和几样小菜。坐在桌前，深吸一口气，清淡的香味顿时充满整个鼻腔；喝上一口稀饭，咬上一口馒头，再喝上一口牛奶，就着可口的小菜，暖意就会融遍全身。

暖，是那火热的红色。

爸爸为了接我更快一些，就去买了一辆崭新的红色电瓶车。每天放学时，爸爸总会准时出现在校门口。每次一出校门，看到阳光下那辆红得耀眼的电瓶车，我就会兴奋地奔过去，跨上车子，搂着爸爸的腰，在夕阳下，一路飞驰，洒下一路的欢声笑语，暖意就会融遍全身。

暖，是那暗沉的棕色。

我感冒了，咳嗽了，妈妈就会从药箱里取出清热灵，撕开，倒进杯子里，用开水冲开，再用调羹搅拌几下，然后放在自己的嘴边，喝一小口尝一尝，觉得还烫，就用调羹再搅拌几下，再喝一小口，直到不再烫了才递给我。我端起那杯药，看着那棕色的液体，闻着有些苦涩的中药味，暖意就会融遍全身。

暖，是那浓重的黑色。

有一件黑色的羽绒衣，是我冬天最爱穿的衣服。那天，天气突然暗了下来，风越刮越大，树叶满校园地飘，似乎要下雪了。早上来上学还穿着薄棉衣的我，冷得瑟瑟发抖，连走廊都不敢出。第二节课间，传达室突然打电话给姜老师说让我下去拿衣服。我马上冲到走廊，看见校门口妈妈转身离去的

089

第五部分 甜蜜幸福港

背影，我知道，是妈妈给我送衣服来了。去传达室取衣服时，我看到了熟悉的黑色羽绒衣，暖意融遍我的全身。

暖是白色的，是红色的，是棕色的，是黑色的……

生活，是五彩缤纷的。让我们擦亮双眼，去寻觅那色彩背后的温暖，每天，让暖意融遍全身。

（指导教师：张育花）

我的倔奶奶

孙鸿洁

今年八月份，奶奶卖掉了乡下的房子，来到了我家。说实话，奶奶刚到我家时，我对她的印象并不好，不是因为她穿着朴素，也不是因为她满脸的皱纹，而是她那倔脾气。

奶奶说话总是凶巴巴的。一次，我吃饭不小心掉了几粒饭粒，奶奶见了，脸立刻拉了下来，生气地对我说："你多大啦，还掉饭粒，下巴漏呀？下次我再看见你吃饭掉饭粒，就使劲揍你。"你听听，哪有一点奶奶的慈爱，说话像架着机关枪似的，我心里真不舒服。

还有一次，星期天我做完作业，准备和邻居陈燕去玩。因为只有两个人没意思，还得再找一个人，这样才好玩。我顿时想到了奶奶，就用乞求的口吻说："好奶奶，您能跟我们一块儿玩吗？""我是你花多少钱雇的？不行。"奶奶气哼哼地说。我听了，顿时一股怒火直冲上来，脱口而出："你就不能好好说话吗？""鬼东西，你还教训起我来了。"奶奶生气地说道。

妈妈看出了我和奶奶的紧张关系，不断开导我说："孩子，你就不能换一个角度看看奶奶吗？"换一个角度是什么角度呢？

从此，我便留心观察奶奶，发现她闲不住。妈妈怕奶奶累着，常常把来不及洗的脏衣服都藏起来。可奶奶好像有这方面的特异功能，居然能把衣服一件不少地找出来，又起劲地洗了起来；奶奶还有一个特点，洗衣服从不用洗衣机，都是用手搓。她有她的理论：洗衣机洗的衣服不干净，其实她是怕费电。妈妈总是劝她少干点活，奶奶还是那句倔话："没有人是干活累死的。"

这就是我的勤劳、善良的倔奶奶。她像一个热水瓶——里面热，但外壳凉。

（指导教师：徐凤杰）

一次含泪的微笑

宋超

我的妈妈总是很忙，每天很早就出去，到了夜晚才回来，总感觉她很少有空闲的时间。

看到他每天忙碌的样子，我真想为她做点什么，减轻她的负担。一天晚上，妈妈回家后，就一屁股坐到沙发上休息，我便悄悄地端来一盆热水，放在她面前说："妈妈，我给您洗次脚吧。"她听了非常惊讶。我慢慢地脱下她的袜子，把她的脚放进了盆里，然后问："妈妈，水热吗？您累了，要放松一下。"妈妈微笑地看着我。

突然，我摸到了妈妈脚下那个硬硬的东西，我问她："这是您每天去上班走路磨的吗？以后不要走这么多的路，好吗？会疼的。"妈妈笑了笑说："那是我每天跑来跑去的'印迹'。"我又问："疼吗？""不疼，孩子，用水泡一泡就好了。"妈妈微笑着回答我。看着她的微笑，摸着她那厚厚的"印迹"，我突然有一种酸酸的东西直冲鼻子，眼泪忍不住流了下来。妈妈见我低下头，关切地问："孩子，累了吧，去休息吧。"我依旧低着头帮妈妈洗那有"印迹"的脚。

忽然，我的脖子上感到一丝凉意，像是一滴水。妈妈哭了，可嘴角仍呈现出一丝微笑。我问妈妈："您怎么了？"她望着我说："看你长大了，知道疼妈妈了……"听到这里，我的心"咯噔"一下，怪不得人们常说"可怜天下父母心"，我对这句话又有了一个新的认识。每个孩子在成长过程中，无不包含了父母的深切关爱和细心照顾，看到孩子的每一步成长，父母都会感到无比的骄傲。妈妈的泪水是微笑的泪水，是欣慰的泪水。

以后，我要经常为父母洗脚，让满意的笑容挂在他们的脸上，让幸福、微笑的泪水永远流淌在父母的心间！

（指导教师：廖斌）

银杏树的故事

吕　彤

　　最近，爷爷奶奶要搬新家了，所有的东西都打包好了，我们大家都欢天喜地的，但是唯独爷爷却总是郁郁寡欢的，每天都闷闷不乐地站在院子里的银杏树下发呆。我觉得非常奇怪，就去问爷爷为什么。爷爷告诉我，他舍不得这棵跟他同龄的银杏树。把树搬走吧，新房子里没有这个地方来容纳它；不搬走，爷爷又实在放不下。爷爷说这棵银杏树陪伴了我们一家三代人的成长，也见证了我们生活的变化。

——题记

　　"银杏树怎么会见证我们生活的变化呢？"爷爷看我这么好奇，就进屋从一个大红箱子里拿出一本发黄的照相本。他小心翼翼地打开了它，我看到里面的照片小小的，有的甚至还有发霉的痕迹，这样的照片爷爷为什么视若珍宝呢？

　　爷爷像是看穿了我的想法，拿出一张黑白的，像橡皮一样大小的照片说："这是我小时候的照片。我们那个时候可不像你们现在一样，想拍照就能拍照，我们那时候要拍个照片可难了。那年我刚刚小学毕业，我的爸爸妈妈，也就是你的太公太婆花了很大的力气才把摄影师请过来，才有了这张照片，这也是我第一次拍照。"

　　我看到照片上爷爷站在一间破烂不堪的茅草屋前，这间茅草屋像T字形，看上去怪怪的。周围一片荒凉，只有一棵细细的弱弱的银杏树苗长在那里。

　　我好奇地问爷爷："这房子就是你小时候住的吗？为什么造得这么奇怪？"

　　爷爷说："那时候每家每户的房子都是这样的。我们下沙话叫'糖包所'，因为房子的形状很像我们小时候毛草纸包的糖一样。这样的房子烧饭时要很小心，很容易着火的。"

接着，爷爷又拿出了另一张黑白照片，这张照片比第一张照片大了一点。看得出来这是爷爷奶奶的合影，他们满脸笑容地站在银杏树下。爷爷告诉我，这是他和奶奶的结婚照。

我看到照片上房子依旧是那间破破烂烂的茅草房，但是周围的植物多了很多，除了那棵已经长大了一些的银杏树外，还有很多的农作物，看上去不再那么荒凉了。

第三张照片是我爸爸小时候的，照片上的房子已经变成平房了，房子边上有一口水井，还有一块石头做的洗衣台，洗衣台下放着一只木脚桶。我爸爸站在银杏树下憨憨地笑着，他后面是成片的玉米和甘蔗。

第四张照片上的人，你猜是谁呢？原来的房子已经变成别墅了，院子里那棵银杏树也长得很粗壮了，一个小婴儿站在学步车里，"咿咿呀呀"地向前冲呢。当然这张照片已经是彩色的了。你猜到了吗？照片上的人就是我。哈哈，我不用看照片也能向你描绘出爷爷家的样子：爷爷家在德胜高速公路边上，这里有很多小洋房，其中一幢就是爷爷家。爷爷家的院子很大，里面种了很多桂花树、枇杷树，还有山茶花、玫瑰花等很多好看的花儿，这个院子是我玩乐的天堂。

如今，这里要拆迁了，爷爷奶奶将搬去环境更好的花园式的楼房住。虽然房子很好，但是爷爷舍不下这棵银杏树。爸爸知道爷爷的心事以后，说他来想办法。

永远的思念 割不断的爱

石又琪

又是一年清明节，一大早，爸爸开着车，载着我和妈妈向公墓驶去，在那里，"睡"着我的爷爷，我要去看他，把我深深的思念与爱传递给他……

窗外春光明媚，花红柳绿，朝阳下的叶尖上闪烁的露珠正代表着我洒落的眼泪啊。车内无人说话，空气就像一潭静止的水，没有人朝水中投一粒石子，没有一只燕子掠过，也没有风吹过后的圈圈涟漪……

车停了，公墓到了。一排排林立的墓碑仿佛阴阳相隔的界线。我推开车门，捧着鲜花，低着头，含着泪，跟着爸爸妈妈向爷爷的安息地走去。

看到了，看到了！爷爷墓碑上的照片格外清晰。方正的脸庞上嵌着一双慈祥的眼睛，上扬的嘴角挂着和蔼的微笑，他正看着我，似乎只要我叫一声爷爷，他就会像往常那样抱抱我，为我理一理垂到眼前的乱发……"爷爷，我来看您了！"我动情地喊着，忍不住的泪水模糊了我的双眼。我跪下来，恭敬地献上鲜花，伸出双手抚摸着爷爷的照片，似乎感觉到了爷爷正把我搂在温暖的怀抱里……

往昔的一幕幕如电影一般在我脑海中回放——爷爷啊，我小的时候，您经常把我顶在头上、扛在肩上、驮在背上，逗得我"咯咯"笑；我生病了，身为医生的您为我输水，替我把苦药碾成碎末调进糖；当我遇到困难时，是您给了我信心和勇气……爷爷啊，是您的爱伴我成长！

可是，可是幸福为什么要在四年前突然定格！我怎么也不敢相信上午还在为别人医治的您下午会与我们永别，但这却是无法更改的事实。从此，您抛下了您最疼爱的孙女，去了另一个世界。想到这儿，我的泪水又像断了线的珍珠不断滚落下来……

妈妈在爷爷墓碑前放好水果，爸爸敬上一杯酒，我燃起了香，可这几支香、几个水果、一束花，怎能表达我们对您的深深思念呢？爷爷啊，其实我

知道，另一个世界的您不孤单，因为我们的思念会穿越生死送到您的身边，而什么也无法隔断您对我的爱，您的爱依旧伴着我今后的每一天！

此刻，明媚的阳光已经照干了晶莹的露珠。我的泪水化作了永远的思念，更牵起了我和爷爷之间割不断的爱……

（指导教师：周英）

我爱我家

荆骏妍

　　我的家是一个温暖的大摇篮，里面装着爸爸、妈妈、弟弟、外婆，还有我。

　　先说爸爸，他有的时候会在晚上出去吃饭，等我都快睡了才回来。我猜想，爸爸的朋友一定很多吧！因为睡得晚，所以起得也晚，每次等我起床了，爸爸仍然在呼呼大睡。不过，爸爸还是挺关心我的，每当我遇到不懂的题目他都会不厌其烦地教我，而且还询问我在学校里有什么不懂的，然后耐心细致地给我讲解，直到我懂了。

　　妈妈戴着一副眼镜，头发卷卷的，像圆珠笔里的小弹簧。妈妈特别勤劳，每天很早起来，一起床就开始做早饭。做好了早饭还不休息，又开始拖地、赶去市场买菜……做的事情数也数不清。这不，现在又在洗衣服呢！

　　有个人我不得不向大家隆重介绍，那就是我的外婆。外婆很慈祥，无微不至地关心照顾着我们。她有两大特点，一是很爱美，虽然年纪大了，头发已经成银白色的了，但是每隔一段时间，她都要去理发店染发，这不现在又去了。另一个特点是节俭。有一次，我和妈妈把家中不穿的旧衣服装在一个大包里准备扔掉，可正巧被外婆看见了。她迅速地抢过大包，这里翻翻，那里找找，边翻还边说："浪费呀，都是花钱买的呀，这件我还能穿，那件送给邻居也不错……"没办法，我们只好重新放回去。另外，我丢了什么东西也准能在外婆的房间里找到。

　　我还有个龙凤胎弟弟呢。弟弟很帅，白白净净的脸上长着一张红通通的小嘴。弟弟有个"绝招"，就是写作业的速度奇快，我一半作业还没写完，他就已经搞定了。所以经常是我们俩同时写作业，不用一会儿，他就大功告成，在一旁玩了，而我却还有好多呢。不过，他写的字可没有我的好哦。

　　而我则最爱看书了，常常被书中精彩的内容迷住，忘记了其他事情。只要一有空，我就去书城看书，丹阳书城的阿姨都认识我了。我觉得，书是我最好的朋友。

　　这就是我快乐的一家。我爱我家，是家给了我温暖，给了我幸福！

（指导教师：徐留军）

外婆的爱

仲小舟

　　我的外婆个子高高的，扎着一条粗长的麻花辫，一双总是荡漾着微笑的眼睛里，偶尔会透出一丝疲惫。她的眉毛又黑又密，犹如湖边的密林。一张巧嘴只要微微一笑，就会露出一口洁白、整齐的牙齿，嘴角边时常荡漾着两个酒窝，深深地甜到我心里。外婆还有一双勤劳的手，每次回家，她的那双手总是不停地忙碌着……

　　外婆知道我喜欢吃鸡蛋，所以家中便养了十来只草鸡。外婆把它们视为珍宝，用上好的米谷饲养着。有一天晚上，妈妈发现家里的鸡蛋全都吃光了，于是就打电话给住在乡下的外婆。

　　第二天早上，天刚蒙蒙亮，外面下着倾盆大雨，雨点儿撞击在屋檐上发出"噼里啪啦"的声音，仿佛是一首独特的交响曲，雷公公不耐烦地吼着，风婆婆不停地呼啸着，令人毛骨悚然。我想：这种天气，外婆应该不会来了吧。就在这时，从楼道里竟传来熟悉的脚步声，妈妈揉了揉蒙眬的睡眼，胡乱地穿了几件衣服，打开门，原来是外婆，雨水顺着她的头发，流到肩上……她手里拎着一个篮子，里面装了满满一篮草鸡蛋。刚进家门，外婆就开始往外捡鸡蛋，边拾边唠叨起来："这鸡蛋可新鲜了，想吃多少就吃多少，家里多的是……"拾好后，外婆连口水都没喝就要回家。爸爸连忙说："妈，喝口热茶暖暖手吧！""不要了，你爸还在家等我呢！"说完就匆匆忙忙地推开门走了。

　　我趴在窗口，望着外婆那劳累的背影渐渐消失在茫茫雨海中，一颗颗不争气的金豆豆夺眶而出。我转过身来，发现这会儿才六点二十。我不知道外婆是几点起床的，或许她半宿没睡，拾鸡蛋、包鸡蛋……在整个城市还睡着时，外婆却在黑而冷的夜色里为了一篮鸡蛋上路了。

　　正如唐代诗人孟郊诗中所言："谁言寸草心，报得三春晖。"外婆对我的关心我会永远铭记在心。

（指导教师：程悦）

爱的味道

郁子盛

有人曾对我说过："你的身上有股特殊的味道。"

我不明白，觉得每个人衣服的味道都差不多，为什么我偏有一股特殊的味道。

直到有一天，我才明白——暗香何处来。

清晨，温暖的阳光透过窗户洒在了我的身上，带着肥皂气息的空气在空中流淌，这种气味是那么熟悉美好。

我从卧室悄悄来到客厅，隐约听到从卫生间中传来的洗衣服的声音。我推开了卫生间的门，伴随着"吱"的一声，我看到了妈妈的背影。如往常一般，她半蹲在水池旁，将手浸在水中不断地上下搓动着。"哗哗……"妈妈如演奏者一般演奏着流水的音乐，是那样清脆明亮。随着一声声音乐，香气越来越浓，一群白色的泡泡纷纷露出了笑脸。有的调皮，就升了上去，有的呆头呆脑，只能在木桶里"碰壁"，有的在天空中跳起了华尔兹，然后又缓缓落地，大多的泡泡还是喜欢妈妈，爱怜地赐给妈妈犹如天使般的吻……

妈妈的手在泡泡中若隐若现，也许因为太操劳，她的手已经不像原来那般细腻而修长。不管是早上还是晚上，她总要干许多家务，把家里打扫得干干净净，几乎没有停歇过。她的那双手已经足以见证她的辛苦。

妈妈的手不断地揉搓着衣服，似乎把什么东西融进了衣服之中。刹那间，我突然明白了，在日日月月的洗刷中，妈妈早已把纯真的母爱的味道融入到了衣服中。

妈妈回过头来，看到了我没穿外套，说道："威威，赶紧去把外套穿上！"我走进房间拿起衣服，暗香蹁跹而至，让人神清气爽，这是唯有母亲才能揉出来的味道。我庆幸能及早闻出那种迷人的暗香，那是爱的味道。

（指导教师：全利强）

爱的脚步

余　晟

　　春天的脚步是又轻又柔的，你听——"沙沙沙"，春踏过了树叶；夏的脚步是又急又快的，你听——"哗哗哗"，夏抚摸了流水；秋的脚步是又重又实的，你听——"咚咚咚"，秋摘下了果实；冬的脚步呢？冬的脚步像是水波扩散，无声无息。而妈妈的脚步似春、似夏、似秋又似冬。

——题记

　　早上，我还在睡梦之中，忽然隐约听到了一阵"沙沙沙"的脚步声，由远及近，慢慢清晰起来。不用说，这一定是妈妈的脚步声，她是来叫我起床的。这脚步声又轻又柔，像是怕惊动什么似的。这是妈妈对我的爱，妈妈将爱融入到了脚步上。

　　晚饭后，我在书房看书。"哗哗哗"一阵急迫的脚步声传来。我相信这是妈妈的脚步声，她一定是来叫我做作业的。每当这个时候，我就立刻放下小说，翻开作业本，认真地做起作业来。她打开门，见我在认真学习，便给了我一个微笑，这是母亲对我的爱，让我十分快乐。使我暗地里下定决心，下次一定要自觉地做作业，不再等妈妈的脚步声。

　　放学了，当我在学校门口漫不经心地徘徊时，一阵阵寒风袭来，把我吹得直哆嗦。此时，我的心中就会有一种迫切的期望，期望妈妈的脚步声能早点传入我的耳朵。就在这时传来一阵"沙沙沙"的脚步声，我笃定这是妈妈的脚步声。果然，一个熟悉的身影正向我走来。那就是我的妈妈，我向妈妈跑去，飞快地扑向她的怀中。我感受到了妈妈对我深深地爱。我知道这是能够化解一切的严寒，温暖一切心灵的母爱。

　　考试是我最害怕的事，像是中了邪；尤其是大考，考试前的那个晚上，我的心翻江倒海。不过我并不着急，因为我有一个好妈妈。她就像是我的知己，伯牙所念，钟子期必得知。她明白我在想什么。于是，每当考试前一天，她都会在我的身旁帮助我、安抚我。我知道，这是妈妈对我的关心；这是妈妈用她的爱来保护我的心灵，伴我走过这荆棘之路。

今天，我走上了考场，我的心出乎意料的平静；听着妈妈那静静地脚步声。我对她说："妈，你真厉害。"说完，我转身走了。妈妈一脸茫然，但我不说，我想她也会知道。

春去秋来，冬夏换季，我时时刻刻都听到妈妈用脚步声编成的一首首动听的乐曲，伴我成长、为我解忧，这是爱的脚步声。这脚步声深深地印在我心里。

（指导教师：全利强）

第六部分

同一个世界

  也许，这短短的一小时不能节约多少电能，然而，一盏盏灯熄灭了，更多的心灵却被点亮了——它唤醒了我们的环保意识。我们每一个人都是地球村的成员，我们的举手之劳，就能改变未来！从身边的小事做起，节约每一度电、每一滴水、每一张纸，让每一个小时都成为地球一小时！倡导低碳生活，让地球妈妈不再叹息！

——胡元宁《你让地球"低叹"了吗》

保护地球妈妈

费心屏

我飞上天空，天上的星星眨着眼睛急切地告诉我："地球妈妈生病了，全身疼痛。"

我迅速地飞回到了地球妈妈的身边，看到地球妈妈身上千疮百孔，污渍斑斑，我急切地问："妈妈，怎么会这样？"

"我身上的一片片树林被人们砍伐掉了，绿地、植被都被剥掉了，上面盖满了房子。河水污浊，我已经很久喝不上干净的水了。到处是焦炉冒出的黑烟和黄烟，熏得我睁不开眼睛，所以我得了肺病。小孩子们乱扔塑料袋和纸屑，随地乱吐泡泡糖；大人们乱扔烟头，随地吐痰。我病了，忽冷忽热，我的心情差急了，今后孩子们该怎么照顾呀！"妈妈有气无力痛心地说道，两行眼泪沿着脸颊淌了下来。

"真不知道地球人是怎么想的！"我忍不住气愤地吼道。

这时，我忽然发现不远处有个男孩将刚扯下的冰激凌袋子随手扔到了身边的湖面上，袋子旁边漂浮着几条翻着白肚的死鱼，我跑过去向他厉声喊道："你知道地球妈妈现在病得多严重吗？面临多大的危机吗？如果没有了地球妈妈，咱们这些孩子还怎么活？"

"姐姐，我错了。"小男孩好像明白了许多，慌张地对我说。

窗外，小鸟叽叽喳喳的叫声吵醒了我，眼前一亮，阳光洒满了窗台，"哦，刚才的一切原来是一场梦。"

回想着刚才的梦境，老师讲的一席话再次萦绕在我耳边，"我们要保护地球母亲，保护我们自己赖以生存的自然环境，让我们子孙可以一代又一代地健康地、无忧无虑地生活在蓝天白云下，可以吸吮着无尽的甘甜的净水，品尝着绿色的没被污染的麦谷，繁衍生息……"

梦醒了，心里还存着对梦境的思考。但猛然仰头望去，远处久违了的蓝天衬着几朵白云，窗外一阵清新的空气扑面而来，一群白鸽发着哨音越过屋顶向远处飞去，我心中一阵舒畅。

　　我们人类还有希望。

地球母亲摇篮

郭媛媛

在茫茫的宇宙中，在浩瀚的太空里，有一个美丽而又可爱的星球，她就是我们赖以生存的家园——地球。

地球是一位伟大的母亲，她用自己广阔的胸怀和所有的一切来养育着人类。

而人类，是怎样对待这位母亲的?

人类对待地球，真的就像儿女对待母亲一样，有的好，有的坏。好的对母亲体贴、关心，想方设法让地球母亲的身上多一片绿色，多一分清新;坏的只能给母亲带来苦恼、伤心。对于环境日渐恶化的地球母亲，我们做儿女的，应该让她的环境变美，变好。

保护地球环境首先要保护绿色植物，保护大气。绿色植物对环境保护起着重要作用。人人都需要氧气，而绿色植物能为我们提供氧气，因此它是人类必不可少的朋友。如果我们的绿色植物不再给我们提供氧气，那么地球上的氧气只要几百年就会用完。高龄四十六亿年的地球母亲将毁在我们的手里，我们的地球母亲能原谅我们吗? 我们又能否原谅自己?

大气层是地球的宝贵外衣，它是保护母亲的一把大伞。特别是那层叫作臭氧层的气层，是人类生存不可缺少的气层，如果没有它，地球上的一切生命都会消失。为什么呢? 因为臭氧和氧不同，它能把紫外线挡住。紫外线是人类生存的天敌，它如果百分百射到地球上，人类不能承受紫外线强大的照射力，便会死亡。臭氧层把紫外线挡住一部分，使人类不再受到强烈照射，得以生存。但是现在，臭氧层也受到了破坏，破坏它的竟然是人类! 人类造出的化学物质氟利昂，它是凶残的杀手，它把臭氧层里的臭氧破坏成普通的氧，失去了抵挡紫外线的作用，所以臭氧层就日益稀薄了。人类破坏大气的行为是不可饶恕的!

地球是人类的母亲,也是生命的摇篮,作为地球的儿女,我们要爱护自己的母亲,要珍惜自己身边的每一片绿色,珍惜每一立方米的大气,以免人类未来没有立足之地!

让我们携起手来,保护生命,保护地球!

(指导教师:卫方正)

家电的对话

杨　勇

放学了，钥匙男孩山山蹦蹦跳跳地回到了家，糟糕，脚踩着什么了，低头一看，居然是一盒录音带。他十分好奇，家里现在除了自己听的英语录音带，已经全都是CD、DVD了，怎么还有这样的录音带呢？山山想听个究竟，到底里面藏着什么。他迫不及待地把录音带装进录音机，里面立刻传来"呼——呼——呼——"大口喘气的声音。

"唉！主人频繁开关，把我折腾得上气不接下气。"

"空调老兄，用了开，不用了关，那是主人为了节能呀，你怎么能责怪主人呢？"

空调有气无力地回答："冰箱老弟，此言差矣，空调启动的瞬间，电流比较大，这样相当费电，并且容易损坏压缩机。你看，我的压缩机都未老先衰了！"

"原来如此，我也跟你一样，也有苦水想向大家诉说呢！"冰箱埋怨道，"主人以为冰箱里东西塞得越多越省电，利用率越高。"

"此话怎讲？"

"冰箱内存放食物的量大概占容积的80%为宜，放得过多或过少，都费电。"

"你说得对，我也深有同感。"

"唉，洗衣机大婶，我刚才一直听到您在工作的声音，怎么有空来发牢骚呀？"空调疑惑不解地问。

洗衣机苦笑道："今天早上主人上班前，把一大堆脏衣服塞进我的肚子里，按了弱档程序，就这样让我一直'不知疲倦'地工作。其实啊，在一样长的洗涤时间里，弱档工作时，电动机启动次数较多，也就是说，使用强档其实比弱档省电，并且可以延长洗衣机的寿命。"

"I know，I know." 空调和冰箱异口同声地说道。

山山听得目瞪口呆——原来这盒神秘的录音带是空调、冰箱、洗衣机在说悄悄话！山山把录音带翻了个面，继续往下听。

"如果人们都很注意生活细节与节能环保，那健康环保的低碳生活就离他们不远了。"洗衣机大婶语重心长地说。

"是呀，是呀！那您有什么经验之谈呢？"冰箱问道。

洗衣机大婶清了清嗓子，说："就说一个一般人们都会搞错的例子吧。洗衣机脱水一分钟，脱水率便可达55%，所以脱水时间最好不要超过3分钟，再延长意义不大，又浪费电。"

"哦！"冰箱若有所思地说，"那空调老兄呢？"

"嗯……比如说把风扇放在空调内机的下方，利用风扇的风力可以提高制冷效果。而且在闷热的夏夜，空调开启几个小时后关闭，马上开电风扇，这样可以省50%的电。"空调像爆芝麻一般一口气说了出来。

"我还有个节能高招！"冰箱一字一顿地说，"用几个塑料盒盛水，在冷冻室制成冰后放入冷藏室里，这样能延长停机时间，减少开机时间。"

洗衣机大婶总结道："生活细节中处处充满着学问，愿主人家早日建立绿色生活方式。"

山山盯着还在缓缓转动的录音带，恍然大悟……门外传来了妈妈的脚步声，山山想：今天晚上，我要给妈妈讲一个神秘的故事。

（指导教师：冯蓬勃）

109

渴望绿

张蓝天

　　我曾经为柳树多添了一片新芽而欢呼；我曾经为院中一棵翠苗的出现而快乐；我曾经喜欢在枝繁叶茂的树林中奔跑，风儿轻轻扇一下扇子，便涌起阵阵林涛"哗——"感觉如排山倒海一般。现在我慢慢长大了，当我看到宇航员从飞机上拍下的地球照片，我紧盯着电视，惊讶不已，绿色森林的面积原来这么小。我心想：绿，难道我们眼睁睁地看着你消失吗？

　　我常在林间小道上散步，周围有棕绿、淡绿、浓绿、翠绿……这些深浅不一的树木，真是好看，可没走几步，林子就没了，令人惋惜。

　　于是，我深深迷上了绿色，这象征着希望、生命的颜色。有时，我傻傻地想：那些土黄的沙漠、荒山没有绿，会变得十分凄凉，若是将蓝蓝的天和淡黄色的地搅在一块，调均匀，它俩和成了晶莹的绿色，涂在沙漠、荒山上，世界不就生机勃勃了吗？

　　随着工业越来越发达，人们只会坐在别墅里望着门外稀稀拉拉的小草，不去听树林的呼唤，不去理会荒山的叹气。山上光秃秃的，就像一个布满皱纹、有沉重心思的老人，头顶上童山濯濯。松散的泥土不停地滚下来，当风一吹，黄沙漫天飞舞着。小鸟皱皱眉，摇着头边飞边说："这个环境，我可忍受不了。"松鼠摆摆绸缎似的大尾巴，用黑芝麻般的鼻子嗅嗅说："我想松树不愿意住这儿。"说完便跳开了。小猴把手搭在额头："妈妈呀！我还要玩'林间穿梭'这游戏呢！"

　　没有动物陪它，没有人们来改变它，荒山哭得伤心极了。山下的河水开始疯狂地唱歌："向前出发，毁坏山坡，冲垮村庄，将四周变成汪洋！"那声音粗粗的，带着狂笑，向荒山撞去。"轰——！"山倒下了一半，泥沙进入了河流。一夜之间，地上的小草，前方的树都被刨出了根。"哈！我最爱喝荒山那老家伙的眼泪，它给了我动力，它被我撞倒也活该！"河水意犹未尽地说。荒山没了信心，它也想变得美丽，可它的力量实在太小，太小。

过了漫长的一段时间，人们开始意识到绿色的重要。有一天，荒山感觉有水渗入了它体内，它突然发现自己变了，树根把泥土扎得十分紧。小鸟眼最尖，开心地飞过去，衔来了树枝、泥土，在此安居乐业。小兔悠闲地跑过来，"哇！这么美丽的地方可真少见，嘿！青草可以做我的美食，老雕那坏家伙就算它是千里眼，也难找到我！"茂密的松树上结了大大的松果，松鼠流着口水，馋着跑过来。小猴翘着尾巴，攀在树干上，拉着树藤，快活地玩起了"林间穿梭"。山上万紫千红，花团锦簇，香气扑鼻，参天大树和白云做朋友，小草和蚂蚁做邻居。这儿，不仅成了动物的天堂，也变成了绿的天堂。荒山笑出了眼泪，它渴望绿，终于盼到了绿！山下的小河滋润着路旁的花草，荡着碧波，哼着摇篮曲，慢慢淌过果园……荒山看见了一条条红领巾在风中飘扬，那是学生正在山上植树。

人们终于醒悟了，荒山，不，它已是一座青山了。它看见远处万山青葱、群山披翠，绿的气息、绿的样子在太阳下闪烁！

土地让绿生生不息，并且赋予绿青翠欲滴的色彩，人们拿起那支大画笔，蘸上绿的颜色，把荒山、沙漠染得生机勃勃。

今年春天，我也要栽下一棵树，因为我想：渴望绿，世界就会充满希望；保护绿，绿的气息才会永存身旁！

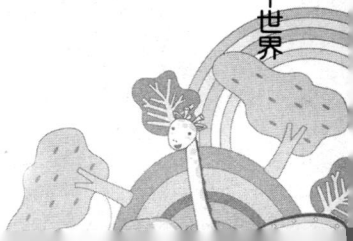

111

我家的"低碳"故事

——读完《亲亲家园》后……

许 诺

要问2010年最热门的话题之一是什么？我猜一定有"低碳"这个话题。因为低碳生活正成为一种新时尚，低碳旅游、低碳出行、低碳消费……虽然有些是举手之劳的小事，但却与我们每一个人息息相关。学校开展了"环保月"活动，其中我们五年级的一个活动就是结合《做一个有道德的人》这本书中的"亲亲家园"这一章，进行环保实践活动。

我读完《亲亲家园》后，感触颇深，在我的引领下，我们一家正践行着我们的"家庭低碳生活"计划呢。

妈妈与垃圾袋

今天是双休日，妈妈在家里搞了半天的卫生。到了最后的环节——倒垃圾。只见她动作麻利地端起垃圾桶走到家门口的垃圾房旁边，把垃圾袋内的垃圾倒干净，然后把空的垃圾袋又套回了垃圾桶内，又忙别的去了。我悄悄地跑去看了看空的垃圾筒，嘿嘿，那只黑色的垃圾袋完好无损，正在等着新的工作使命呢。"妈妈，你可真细心！"我暗暗地对妈妈称赞了一番。

爸爸与打印纸

爸爸平常可是个"粗人"，总是大手大脚的。他要打印一篇文稿时，总是大大的字，空的地方也多。家里的一摞打印纸，没几天就用完了。这不，爸爸又开始打印了，我可要跑去侦察一下了。我暗暗地潜伏在爸爸身后。只见爸爸把文本的字缩小成了五号，行距设置成了"最小值"。点击"打印"，不一会儿，打印机里就"吐"出了一张他的文稿。我刚想提醒爸爸要双面使用，还没等我开口，爸爸将文稿翻了个面，又塞进了打印机。"爸爸想得真周到！"我情不自禁地夸奖起爸爸来。

奶奶与购物袋

下午，奶奶要我和她一起去超市买东西。可我在门口等了好久，奶奶还没出来，我急得大叫："奶奶，快走呀！"可奶奶在厨房应道："别喊了，快来帮我看看，我们今天要买这么多东西，拎哪个环保袋比较合适呀？"我走进一看，厨房的桌子上摊了好几个环保袋，有大号的，有中号的，有小号的，那只红色的袋子不是我买鞋子的时候的包装袋吗？我的鞋都要穿破了，可这袋子不知奶奶什么时候收藏起来的，现在还是崭新的呢。我笑眯眯地拍拍奶奶的肩膀："奶奶，你可真是'收藏家'呀！"

爷爷与茶叶

晚饭吃好后，爷爷照样泡了一杯热茶，一边看报纸，一边喝茶。不知过了多久，我做完作业在收拾书包，爷爷突然说："诺诺，给爷爷到厨房拿个洗菜的篮子来。"我很奇怪，爷爷要洗菜的篮子干什么呢？拿来后，只见爷爷把喝干了茶的水杯朝篮子里一倒，杯子里的茶叶就在篮子里了。爷爷边递给我边说："明天出太阳的时候拿出去晒一晒。"哦，我明白了，爷爷说，把泡过茶的茶叶积聚起来还可以做成枕头的芯子呢。

我与洗头水

忙活了一天了，妈妈说："诺诺，你该洗个头了。"我连忙准备好洗头膏、脸盆、温水，开始洗头。第一遍清洗后，看着满脸盆的泡泡水，我刚想倒进洗手池。转念一想，这水用来冲马桶，不是既冲掉了脏东西，又可以除臭吗？我连忙用一个大的塑料桶把水存起来。头洗好后，塑料桶内已经积了满满的一桶泡泡水。嘿嘿，等下次上完厕所，这些水就可以派上用场了！我不由得暗自得意起来。

瞧！低碳，是一种快乐。低碳，是一种智慧。我会坚持低碳生活，我相信我们全家都会坚持的。

（指导教师：张育花）

你让地球"低叹"了吗？

胡元宁

最近有一句话特别流行——"地球一小时"，你熄灯了吗？那你知道什么是"地球一小时"吗？我来告诉你吧："地球一小时"活动是由WWF（世界自然基金会）倡导的，希望大家在每年3月的最后一个星期六20：30—21：30熄灯一小时，来表明对应对气候变化行动的支持。

今年的"地球一小时"活动的时间是3月26日。晚上，我几乎是在扳着手指等待20时30分的到来。还差三秒，还差二秒，还差一秒，耶！终于到了我翘首以待的"地球一小时"的时间！我准时关掉了我们家的电灯、电视、电脑……让它们全部处于"休息"状态，家里一片漆黑，但是我们并没有点燃蜡烛，因为我知道：点蜡烛也会产生二氧化碳。

我与爸爸妈妈围坐在窗前，一起度过这个黑暗、漫长而又快乐的一小时。由于没有了平时那一闪一闪的灯光，小区里的星星似乎比原来多了不少，而那本来就很美的月亮在那一刻也"发挥"得淋漓尽致：那皎洁的月光似乎在我的视线里变成许许多多的模样：有点儿像一个又大又圆的白玉盘，有点儿像一个又香又软的大饼，还有点儿像一面非常巨大的镜子，这使我不禁想起一句很经典的古诗：江天一色无纤尘，皎皎空中孤月轮……

我们从怎样环保一直讨论到如何才能保护我们人类的母亲——地球，而我妈妈也开始了她的"喋喋不休"，她告诉我：第一次"地球一小时"活动是在澳大利亚的悉尼举行的，随后以令人惊讶的速度很快席卷了全球。2010年，中国积极参与了这个节能减排的活动。今年我们的目标是让十亿人投入到活动当中来，去共同思考一个问题：该怎样做，才能和我们现在所提倡的"低碳"生活接轨……

这次活动让我想了很多很多：我们的地球妈妈呵护我们，养育我们，但她不但没有换来子女们的报答，反而遭到了百般虐待——人们疯狂地开采地球的资源；工业废水不断污染江河湖泊；汽车的尾气任意排放，从而导致空气质量大大下降；气候变暖，南极出现臭氧空洞，地球妈妈千疮百孔……在忍无可忍后，她终于生气了！日本的地震海啸、中国南方的雪灾、世界各地的洪涝灾害都是她对我们的惩罚。

也许，这短短的一小时不能节约多少电能，然而，一盏盏灯熄灭了，更多的心灵却被点亮了——它唤醒了我们的环保意识。我们每一个人都是地球村的成员，我们的举手之劳，就能改变未来！从身边的小事做起，节约每一度电、每一滴水、每一张纸，让每一个小时都成为地球一小时！倡导低碳生活，让地球妈妈不再叹息！

最后，我想问大家一句：今天，你让地球"低叹"了吗？

善良的莫里克

陈盈颖

　　"不好了！莫咚克的儿子莫里克要来了！"每个大街小巷的人都奔走相告着这个惊人的消息。没过半天，街道上竟一个人都没有了。

　　台风莫里克要来中国了，它刚出生不久，一直居住在辽阔的大海中央。可是忽然有一天，它觉得自己长大了，它想到处走走，看看外面的世界，长长见识。于是莫里克便告别爸爸，启程了。

　　海上的风更大！莫里克得意地走着，一边走，还一边吸取着无穷的力量，使它那瘦小的身体变得又肥又大。等它快到人类居住的城市时，它比它的爸爸还大十倍呢！它得意扬扬地走着，前面就是城市，灯火辉煌，美丽极了！红的似火，黄的似油，绿的似翡翠，蓝的似天，白的似雪……五彩缤纷，看得莫里克眼花缭乱，赞叹不已！

　　"咦？怎么不见成群结队的人呢？"虽然有各式各样的楼，灯火通明，但是，为什么街道上没有人呢？听说，城里有很多人的呀！难道？有坏人不成？天真的莫里克还不知道，自己就是坏人。它又笨拙地走了几公里，已经来到一座城市的上空了。顿时，所有灯都灭了。一下子，伸手不见五指。

　　"有坏人吗？"天真可爱的莫里克很好奇地问。它呜呜地叫，像是在吼。可小小的莫里克并没有恶意啊！这时，城里的空气仿佛突然凝固了，什么声音也没有，就连人们的呼吸声也都听不到了，静默中只听见一句话传来："快点！孩子，快睡！今天不能听故事了！可恶的莫里克来了！"莫里克三个字读得很突出，很大很重……"莫里克？莫里克？我？我？我怎么了？我是坏蛋？我很可恶？有没有搞错？我只是来长长见识，不是来吃你们的！"它倒吸了一口冷气，停住了脚步。它想起爸爸莫咚克年轻时候的旅行，曾经淹没了好几个村庄；曾经把几个正值青春的小伙子卷入海中；把几

个还没过完童年的孩子甩到电线杆上……很多不幸的事情接踵而来，给人们带来了重大的危害。人们经常骂爸爸！但爸爸有爸爸的理：我只是旅行，不是成心危害人类，我不是故意的！我也不愿意看着人类死伤。

爸爸这么做对吗？莫里克思考着。

"妈妈！明天去海边玩，小明都去过了，我也要去！"这时，一个稚嫩的声音传来，打断了莫里克的思考。

"婷婷，别任性！乖，莫里克来了，去海边的话，海水会把婷婷吞走的，你还小，才四岁，以后有的是机会。"一个温柔的声音传来，是小姑娘的妈妈。

"海水好可恶！"

"不！是莫里克可恶！它会把海水吹起来！"

"哼！坏莫里克，我饶不了你！"小姑娘咬牙切齿地说。

莫里克眼里含满了泪水，满腹的委屈："婷婷，我……我不是……唉！"

"孩子，你的名字'莫里克'的意思是'绿宝石'。我们已经老了，年轻的时候给人类带来了很多灾难，我们很内疚，我希望你能给人类带来幸福和生机，永远闪烁着绿色的光芒！"这是爸爸说的话。给人类带来幸福和生机，永远闪烁着绿色光芒！……莫里克深深地品味着这句话的含义。怎样才能给人类带来幸福？闪烁着台风的幸运色——绿色的光芒呢？如果我盲目地走下去看世界，不就又给人类带来灾难了吗？怎样才能完成我的使命呢？"牺牲了自己吧！"莫里克想着。"不行！怎么可以呢？我还年轻，还没看过外面的世界。"莫里克内心很矛盾。可我一个小小的台风又能做什么呢！又如何能给人类带来幸福和生机呢！"消散了自己吧！"最后莫里克决定了。它把自己驱散，将头部的清风献给了花园，让风儿把花园的芳香吹到所有地方，让四处都弥漫着迷人的芬芳；将双臂的风儿献给了草地，让风儿把草地的清香吹到大街小巷，让所有疲惫不堪的人精神起来；将双腿的风儿献给了小河，让风儿吹过小河，让小河唱起欢乐的歌，把小河的丝丝清凉滋润进每一个人的心田；将身躯的风儿献给了白云，让风儿把白云吹散，让水蒸气把天变得更蓝；最后让双翅的风儿自由飞翔，轻轻抚摸着每个孩子的脸颊……

莫里克将自己的身躯一件件消散开来，巨大无比的台风变成了一缕缕轻风……

莫里克没有来，人们怀疑着，欣喜着。

很多人得知莫里克的举动后，都流下了眼泪。孩子们都试着画莫里克，但，莫里克只是团空气……

它把生命献给了大自然，幻化成孩子们笔下最美丽的彩虹。

星球选美大决赛

罗　颖

2030年的一天，我穿上了有翅膀的太空服，一展翅就飞出了九万里，这就是成语所说的"鹏程万里"啊。我越过银河，来到群星璀璨的天堂，观看正在举行的星球选美大决赛。

进入星球选美决赛的有：太阳、火星、水星、土星、天王星、木星、月球、地球、冥王星等。T型舞台就设在金碧辉煌的天宫大殿里。观众有地球人、火星人、土星人，还有阎罗王、唐僧和他的三个徒弟……总之人山人海，热闹非凡。

由七仙女担当主持人，八仙当评委，玉皇大帝亲自任评委主任。在一曲仙乐中，首先上台的是水星美女，她人如其名，一双水汪汪的大眼睛，配着一副水蛇腰，真是个美人坯子。她玉口一开："我身上凝聚了水的柔和，水的晶莹，水的力量。宇宙的三分之一的美都在我身上闪烁着。"台下掌声雷动。

第二个出场的是金星，金星是个富姐，保养得好，粉面含春，更显富态，用当下的时髦语言来说，是丰满和肥美。她金口一开："我身上集聚着天下的财富，金矿银矿铜矿在我这里很丰富。这不，我花钱割了双眼皮。说我太胖是吗，我正在吃董永刚发明的减肥药。"金星果然财大气粗，金口玉言，赢得了一阵阵的掌声。

第三个出场的是木星，木星长着一副柳腰，是个肤如凝脂、身段优美，有点像街上迈着猫步的骨感美女。木星迈着台步扭了扭柳腰说："我那儿到处是鲜花绿草，百鸟鸣春，资源丰富，吃的是绿色食品，住的是环保木屋，没有一点污染，是宇宙环保模范村，所以我的身体非常健美。希望大家投我一票。"木星的话也赢得掌声阵阵……

最后上场的是我们最熟悉的地球了。地球长着一副鹅蛋脸，身材也不错，我心想，虽然前面几个星球都美得空前绝后，但地球也有她美的特色。

这时，只见地球鞠了一个躬，说："我有高山大海，也有平原丘陵，有花草树木，也有矿产资源，但我也有沙漠，湖泊正在消逝，许多动物植物正在绝迹，许多地方垃圾成山，我有点不堪重负了，你们看，我有点面黄肌瘦、老态龙钟了……"地球带着哭腔说："我为人类奉献着美，养育着人类，但我的美却被人类给破坏了！"我听了心里不由得一震，泪水流了下来，但我还是使劲地鼓掌，为我们地球的坦诚和遭遇……

最后，按积分由多到少排名，依次是水星、木星、金星……地球，地球排在了最后一名。

爱护地球，爱护我们人类的母亲吧！

（指导教师：冯莲勃）

幸福河的昨天、今天和明天

沈佳燕

这是一条河流，昨天的她自然淳朴，今天的她丑陋不堪，明天的她又会是怎样一副面容呢？

——题记

这条曾经水流不息、小船来往频繁的小河，名叫幸福河。她是下沙的一条主河流，是她，眼看着下沙一天一天的成长。昨天人们还围在她的身边嬉戏、生活。今天却变了，人们走过她的身边，不再玩耍，不再打闹，都掩鼻而过。明天，又会是怎样的一副场景呢？

昨　天

听爸爸说，幸福河的昨天是美好的！

她清澈见底，小鱼小虾穿梭于石缝之间，柳树弯下腰，将柳枝浸在河里，如蜻蜓点水般，为炎炎夏日增添了一幅自然和谐的风景画。每当夏天，小伙伴们就聚在一块儿，他们相约去幸福河洗澡、游泳。

"预备——"大家齐声叫道，"跳！"

"扑通"、"扑通"、"扑通"……原本站在拱桥上的小人儿转眼间变成了一只只小青蛙，不时探出脑袋，摇落发上的水珠，在河里畅快地游着……

今　天

妈妈说，幸福河的今天是悲惨的！

如今的下沙，变得繁荣富强；如今的下沙，建起一座座工厂，一根根排污管道通向幸福河，一股股污水流向幸福河，一袋袋垃圾扔向幸福河！

河里的鱼虾死了，河边的花草枯了，蝴蝶和蜜蜂也飞走了，只有人人厌恶的苍蝇和蚊子来这"安家乐业"。

不再有人靠近她，不再有孩子来这儿玩耍，不再有人来这儿谈笑风生……

如今的下沙，忘记了幸福河！

明 天

我想，幸福河的明天是幸福的！

在开发区政府的关心支持下，幸福河被重新打造了，两边建起了石壁，搭起了台阶，河边重新种植了柳树、桂树等树木，还建造了凉亭等公共设施。

秋季来临，桂花开了，香飘十里，这香味弥漫在幸福河周围，片片落叶飘入幸福河，就像要外出旅行一样，浮在河面上，随风而行……

傍晚，人们坐在凉亭里有说有笑，其乐融融，不时传出悦耳爽朗的笑声……

幸福河的明天，是幸福的！

（指导教师：张育花）

憧憬的梦

李　新

"孩子，你们可知道，妈妈曾经做了一个非常美丽的梦。"鸟妈妈深情地望着这片土地，心里好像有说不出的苦衷。

"妈妈，快快给我们讲讲，是什么梦呀？您梦见什么了呀？是梦见大家都喜欢的歌吗？还是梦见我们啦！"鸟儿们天真地问着妈妈。

"不，不是的。"鸟妈妈一脸悲痛的神情，抚摸着孩子们。

"妈妈，那是什么呀？快给我们讲讲！"鸟儿们好奇地问道，叽叽喳喳地谈论着。

"是这样，我的孩子，妈妈梦见了咱们的家园。"

"家园？"鸟儿们一脸迷茫，"咱们的家园不是在这长长的电视天线上吗？您梦见它干什么！"

"胡说！"鸟妈妈有些生气了，"咱们的家园才不会是这样的呢！这样浑浊的空气，这样刺眼的灯光，这样大的噪音，在这里，找不到任何食物！你们知道吗，你们吃的都是妈妈千辛万苦找来的！是人类吃剩的饭渣！你们知道吗！"

"对不起，妈妈！"鸟儿们害怕地望着妈妈，它们不知道妈妈为什么会发这么大的火，它们也从没有见过妈妈发这么大的火。

"哎！孩子们！咱们的家园以前不是这样的！很久以前，咱们的家园非常美丽。"鸟妈妈深情地回忆着，"咱们的家就在那片茂密的大森林里。那里有苍劲挺拔的大树，有潺潺的小溪唱着欢乐的歌，还有遍地开放的小花，小花有红的、有黄的、有粉的，五颜六色，五彩缤纷。那时呀！妈妈的同类们和妈妈摘小花去装饰小窝，喝着小溪中甜甜的水，望着一望无垠的绿地，飞翔在碧蓝的天空。窝旁有茂密的大树，夏天会遮挡阳光，非常凉爽……对了！还有许多的动物朋友们，一起玩耍……"

"妈妈，原来我们的家那么美呀！"小鸟们陷入了幻想之中，它们从来都没有想到它们还有这样的家。

"是啊，要不是人类过度滥砍滥伐，破坏森林，咱们的家或许现在还在呢！"鸟妈妈此时已经泣不成声，泪珠就像断了线的珠子一样流下来。

"那妈妈——人类会不会杀我们呀！"小鸟们说着，心里升起一丝恐惧。

"也许不会。"鸟妈妈强忍住了泪水，她只想安慰一下受伤的孩子。不知不觉，已经到了夜晚。

夜，渐渐深了。鸟妈妈和孩子们已经睡了，鸟妈妈又做了一个梦，那是一个憧憬的梦，向往着以前的生活，鸟妈妈嘴角挂着一丝微笑……

妈妈的节水经

求 乙

　　"如果人类不从现在开始节约用水，保护环境，人类看到的最后一滴水将是自己的眼泪。"前几天在吃饭的时候，正好看到电视里在播放节约用水的广告，我非常震惊，要是真到了那个时候，小草靠什么绿，花儿靠什么红，我们又靠什么活呢！

　　妈妈说，水是生命之源，节约用水要从小事做起，从身边事做起。从身边事做起，怎么做呢？为了解开这个谜团，我就对家里特别是妈妈怎么节约用水留了个心。

　　前几年，妈妈给家里买了一部小轿车，平时就是用这车子接送我上学的。但是车子在外面跑，车身就会脏，脏了就要洗。妈妈很少到外面洗车。在空闲的时候，她会从院子里的水龙头接出皮管，给车子"洗澡"。在"哗哗"的清水冲刷之下，车子变得干干净净，但是那些变脏了的水却顺着下水道"哗哗"地流走了。

　　可能妈妈知道这么多的水流走很可惜，就改变了洗车的方式。首先，她先用掸子掸去车上的灰尘，然后在特意准备的几个塑料桶里注满清水，毛巾浸润后就擦拭车身。等一桶水浑浊之后就换上另一桶。用了差不多三桶水之后，妈妈就拿来干毛巾擦车子，车子很快就干净了。

　　而洗车子浑浊了的水，妈妈并没有舍得倒掉，而是放在院子的角落里沉淀。一段时间后，浑水变得清澈了。妈妈就用这些水浇灌家里的花草。听妈妈说，车子一个月起码要洗四次，直接皮管冲洗每次需要一吨多水，就得花去两元钱，改成擦洗起码能减少一半，那一个月就能省下四元钱，一年就是四十八元钱，而且废水又能够浇灌花草，这是一举两得的好事情。

　　除了洗车，妈妈还在其他的生活细节中有意识地节约用水。我家的水龙头也许是使用时间过长了，即使拧紧，水还是会滴答滴答地流下来。妈妈就在水龙头下面放上了一只塑料桶，一夜过后，塑料桶的水也就接满了。妈妈就用这些水擦拭家具、拖地板。这变脏的水，妈妈也没舍得立刻倒掉，继续让它沉淀，然后浇灌花木，冲洗门前的马路。妈妈说，一个水龙头每秒钟漏一滴水，一年便是三百六十吨，那就是七百二十元。

另外，在刷牙时，妈妈不会一直放水，而是把口杯接上五分之三就关掉水龙头；洗碗筷的时候，先用纸擦除污垢，再用水漂洗；洗衣服时，根据放进去衣服的多少，投放适量的洗衣粉，然后采用洗涤——脱水——注水——脱水——注水——脱水方式洗。妈妈算了一笔账，这样一来，一年全家起码就能省下好几百吨水呢！原来，只要我们有心地去节约用水，从我们身边做起，从小事做起，就能节省下那么多水。

我们国家有十三亿人口，要是大家一起来节约用水，那省下的水是多么惊人啊！这些省下的水就可以用来缓解我们的旱情，秀美我们的山川，清澈我们的溪水，湛蓝我们的海洋。

真的不要让地球上的最后一滴水是人类的眼泪。大家一起努力，持之以恒，相信我们一定能为社会、也为自己留下一片碧水蓝天。

（指导教师：张丽霞）

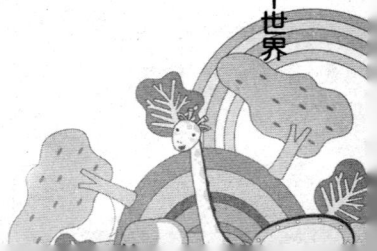

环境调查报告

王艺霖

3月12日，我在肿瘤医院附近对周围的环境做了调查，采访了周围的市民。

一走出肿瘤医院大门，街上车水马龙，汽车不断排出尾气；道路两边臭鱼烂虾、蔬菜、水果，扔得到处都是；烤羊肉串的烟雾弥漫；步行街上到处是丢弃的垃圾。桥下流淌着臭水。公共厕所发出难闻的气味。就连学校的垃圾池里，堆满黄的、白的、绿的纸张，眼花缭乱。到了用餐时间，家家的抽油烟机不断排出废气。

周围不仅有空气污染，而且噪音污染也很严重。抽油烟机的轰鸣声，汽车喇叭的鸣叫声，商家把音乐放得很大，吵得周围居民中午、晚上睡不着觉。

近年来，随着经济的迅猛发展，环境污染问题也越来越严重，过度采伐林木，造成水土流失，沙尘暴频发。大量的工业、农业污染物排入水中，造成水污染。

现代生活中，一次性用品使用方便，却给周围的环境造成了严重的白色污染，一次性纸杯、一次性饭盒、一次性塑料袋，扔得到处都是。废旧电池产生的污染危害缓慢而深远。它不仅污染大气，还污染地下水或江河湖泊，甚至会对人体造成伤害。

周围的环境遭到如此的破坏，我们不能坐视不管，应该积极行动起来。保护环境，是每个公民应尽的义务。维持生态平衡，是社会发展的重要举措，我们有责任共同努力，为我们的子孙后代留下一个美好的世界。

我们应该从现在做起，从身边做起，保护环境。大力开展植树造林活动，拒绝使用一次性用品，垃圾分类袋装，废物回收利用；要节约粮食，节约水电和纸张，积极参与环保宣传，争做环保卫士。我们青少年还要好好学习，将来长大创造出更加环保、节能的物品，造福人类，还地球一个蔚蓝的天空。

第七部分

春娃娃

有人说，春天是一位技艺高超的画家，画出了一幅又一幅五彩缤纷的图画；有人说，春天是一个神奇的魔术师，变出了一个又一个活泼可爱的精灵；而我却要说，春天是一位了不起的音乐家，她指挥棒一挥，就奏出了一支又一支美妙的乐曲。不信，你听——

——陈雨田《春——了不起的音乐家》

冰凉好个夏

张雪琦

好热啊！好热啊！七月可谓是一年中最热的一个月了。今天，我和妹妹就来比试比试——谁，更会"清凉"更会"降温"。

"好热啊！好热啊！"妹妹待在空调间里对着我大嚷。对呀，这大热天的，吹着空调还流汗。一个主意蹦进了我的脑子，我提议道："我们不如去做几道自创的消暑食品，比比谁更会'清凉'？""好啊好啊！"爸爸也举双手赞同。

"比赛开始！"爸爸一声令下。我们立刻在房间里搜集材料。不一会儿，我"淘"到了：一瓶葡萄汁、一个做冰块儿的模具、一个小西瓜、一个黄瓜和厨房的"占有权"。

我的第一道自制消暑食品是"火焰冰块儿山"。我先将葡萄汁倒在模具里放在冰箱里冻成淡青色冰块儿，整齐地摆放在一个水晶盘子里。"把西瓜切成小块儿。"我自言自语道。可说起来容易做起来难。面对到处乱滚的小西瓜，我只有一个字：忍！"啪"，一刀下去，发出了"惊天动地"的声响。可顽皮的西瓜在刀砍下去的一瞬间，一骨碌滚开了砧板，只留下了一道浅浅的刀痕。我把它拿回来扶好。一次又一次的尝试，终于，这场"战争"在一颗颗冰凉的西瓜汁滴在我脸上时宣告结束。我把西瓜榨成西瓜露，浇在冰块儿上，把黄瓜切成片儿摆成花形。哈哈，一道超完美的消暑食品就完工啦！

妹妹做的是"绿豆冰沙露"。是把冰镇过的绿豆汁儿浇在半融的冰块儿上，再撒上一把打碎的冰糖，又香又糯又冰凉。最后，爸爸宣布："平局。"我们吃着凉爽的自制食品，心里高兴极了。额头上的汗珠仿佛也在为我们祝贺呢！

夏日，最大的快乐莫过于此。朋友，跟上我的脚步，一起来清凉吧！

（指导教师：张洪涛）

晨

王浩鹏

雨不紧不慢地下了整整一夜，直到黎明即将来临之际才悄然而止。

雨过天晴，碧空如洗。我兴致勃勃地踏上了入山的幽径。雨后的小山，深远而灵秀，空旷却不寂寞。

山的气息愈加浓重，夹杂着泥土的芬芳与花草的清香，使人精神为之抖擞。叶片上，花朵上，那圆圆的、亮亮的、润润的露珠，像断了线的珍珠，似满天灿烂的星斗，闪闪烁烁、熠熠生辉。我的衣襟很快湿漉漉的了，真可谓"道狭草木长，朝露沾我衣"。

这时，树林中的歌唱家——小鸟，飞来飞去，在林间穿梭，抖落了颗颗"珍珠"，有的唱着欢快的歌，有的跳着优美的舞，时而婉转，时而轻灵，时而酣畅，时而潇洒，使人陶醉其中。真是"鸟鸣山更幽"，此时的山愈加幽静了。

清晨的薄雾像乳白色的薄纱，如诗、如画、如梦、如幻，挥不走，也摸不着，身在其中，有一种如临仙境般的感觉。雾笼罩着山，山围绕着雾，绿里透着白，白中渗着绿，仿佛是披着一层白霜的绿葡萄，隐隐约约，似有似无。

渐渐地，小山像一位艳丽的少女，揭开了薄薄的面纱，露出了羞涩的脸蛋上的淡淡粉色。渐渐地，粉色褪去，悄悄地，换上了那件绿色的长裙，还有那围绕着绿裙的金边，为小山增添了一道亮丽的风景。

露珠似乎也迷恋那绚丽的景色，都争先恐后地抢着去看，一会儿，竟走得无影无踪，草丛中，树冠上只留下他们一串串愉快的脚印。雾散了，一缕阳光穿过树叶的缝隙照射在我身上，使幽静中的我，感受到丝丝的温暖，心为之醉，神为之颠。

此时此刻，我似乎与山融在一起，我是一层薄雾，是一缕朝阳，是一朵鲜花，是一滴露珠，是一只小鸟……此时此刻，我想欢呼，我想雀跃。哦，不！我不想破坏这属于小山的幽静！我只在心底高呼：晨，我爱你！

（指导教师：邓栋涛）

春——了不起的音乐家

陈雨田

　　有人说，春天是一位技艺高超的画家，画出了一幅又一幅五彩缤纷的图画；有人说，春天是一个神奇的魔术师，变出了一个又一个活泼可爱的精灵；而我却要说，春天是一位了不起的音乐家，她指挥棒一挥，就奏出了一支又一支美妙的乐曲。不信，你听——

　　"叮咚，叮咚"，山上的积雪融化了，雪水汇成了小溪。小溪兴奋极了，唱着动听的歌儿，奔向远方。歌声飞入云际，唤回了在南方过冬的"黑衣天使"小燕子，叫醒了沉睡了一冬的"庄稼卫士"小青蛙，惊动了正在做美梦的"海洋娃娃"小虾……

　　"淅沥，淅沥"，春雨滋润着大地，染绿柳芽，点红桃花。"红杏枝头春意闹"。瞧，小鸟们在枝头欢蹦乱跳，叫个不停，仿佛在告诉我们："一年之计在于春，一天之计在于晨。"

　　"沙沙，沙沙"，春风送来了柳树姑娘的梳头声，小草和小花的相互碰头声。"呀，这根头发太长了！"柳树姑娘请来了热情的小燕子。小燕子用剪刀似的尾巴给柳树姑娘理发，一眨眼，柳树姑娘显得更迷人了！大家赞叹不已，柳树姑娘害羞地低下了头，头发都垂到地上去了，引来了两只可爱的黄鹂，她们驻留在柳树姑娘的头上，欢叫不已，真应了杜甫的诗句"两个黄鹂鸣翠柳"呀。

　　"哟嗬嗬，哟嗬嗬"，田野里传来了农民伯伯欢快的吆喝声，他们忙着播种、施肥……有了"春种一粒粟，秋收万颗子"的期盼，笑容像花儿一样绽放在脸上。地里的禾苗都挺直了腰，扯开嗓子叫着："我要长大，我要长高。"

　　"哈哈哈，哈哈哈"。太阳出来了，花更红，草更绿了。小朋友们迫不及待地举着风筝，高高兴兴地来到了郊外。孩子们在欢呼声中把各式各样的风筝送入蓝天，他们和山雀对话，和白云絮语……

　　春天的声音是丰富多彩的，让你怎么也听不够，小朋友，你听到了吗？

（指导教师：张光丽）

四季赏雨

卜黎丹

春花秋草，夏风冬雪，这都是大自然赐予我们的瑰宝，而雨恰恰是这份馈礼中的精品。

春雨是新生命的开始，这时，你凝望春雨，脑海里便有这样一幅画：大地是一张很好的宣纸，春雨是一支蘸饱了绿的笔，只需轻轻一点，那绿便会扩大、扩大，伴随着雨点，是小草探出脑袋的"刺刺"声。

夏天的雨可没有春雨那么文静，它总是嬉笑着、吵闹着从天空中噼里啪啦地落下来，好像在播放一首激昂的摇滚乐，连闪电也时不时跑来为它伴奏，黑夜如白昼，成千上万的演奏家在演奏着各自的乐曲，听到这样杰出的乐章，你不仅不会心烦意乱，反而心中充满了愉快。

秋雨最特别，如果说金秋是一幅色彩凝重的油画，那秋雨便是最有魅力的背景。在画中，农民收获了果实，老师丰收了希望，我们又收获了知识。

冬雨是温和的，它静静地落，融化着积雪残冰；它不慌不忙地落，洗刷着尘污；它不紧不慢地落，等待春天的到来。

这就是四季的雨，如果认真欣赏，会感到无穷的乐趣。

（指导教师：马玉飞）

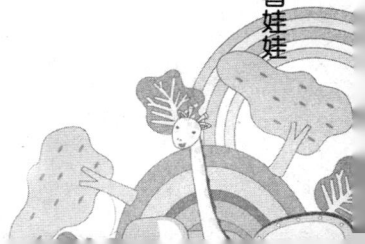

四季的风

李欣媛

　　春天，绿色的风唤醒了大地，河边的小草弟弟也从冬眠中觉醒，它伸了一个大大的懒腰，打了个哈欠，然后在风妈妈的抚摸下苗壮成长。柳树姑娘正在洗它长长的辫子，水面上倒映着她美丽的影子。桃树妹妹身上长出一个个小嫩芽儿，她们悄悄地探出小脑袋在好奇地张望着这个神奇的世界。春天的风是柔和的。

　　夏天，天空湛蓝湛蓝的，白云在空中悠闲地漫步。沙滩上开满一朵朵美丽的花。拨开花儿一看，有时是正在嬉戏的孩子，有时是躺在椅子上做着美梦的大人，有时是正在建造高楼的工人。轻柔的海风轻轻吹过，海面上漾起一朵朵美丽的浪花。夏天的风是清凉的。

　　秋天，是个丰收的季节。秋风吹呀，吹呀，吹过了田野，跨过了山坡，穿过了果园。它吹熟了谷子，吹黄了树叶，山坡上、果园里到处弥漫着花香和果实成熟的清香。向日葵慢慢地收起它美丽的笑脸，把累累的果实献给细心照料它的主人。秋天的风是清爽的，夹着诱人的果香。

　　冬天，冷酷无情的寒风一吹，大雪坐着降落伞纷纷扬扬地下落。草地上、田野里、屋顶上，到处都是白茫茫的一片。它一会儿调皮地钻进人们的鼻孔里，一会儿又跑出来冻得树木直发抖。有时，它还会调皮地给小河盖上一层厚厚的冰棉被。冬天的风是寒冷的，夹着刺骨的寒意。

（指导教师：冯莲勃）

我在自然中得到快乐

徐馨瑶

在山顶，在草地，在小河……我都能感受到快乐，也只有在大自然的怀抱中，才会有快乐的感觉。

——题记

鲜花满地

微风拂过，鲜花满地，抛掉一切烦恼，我尽情狂奔着，偶尔踩到了不知名的野花，只好轻轻抚摸以表歉意。就这样，终于跑累了，便躺在花丛中，回想着因考试不好而哭泣的画面，那因不懂事与妈妈争吵的画面，悔意不禁涌上嘴角。

鲜花满地，烦恼早被快乐赶走。

"沾衣欲湿杏花雨，吹面不寒杨柳风"，低吟这首小诗，我独自走在杨柳小道上。我张开双臂，享受着大自然给予我的阳光。突然触碰到垂下的柳枝，只觉得那叶子绿得晃眼，那柳枝垂得温婉，倚靠在树干上，想起与朋友不合的场面，老师批评的话语，手便不受控制地放在了胸口。

杨柳依依，忧伤早已被快乐赶走。

波光粼粼

微波泛起，垂钓人悠闲自得，鱼儿还不知厄运即将来临，依然争夺着送上嘴的鱼饵。我脱下鞋子，把脚放进水里。顿时，一阵凉意向我袭来，太阳洒下温暖的光辉，我感受着凉意，沐浴着阳光。

波光粼粼，烦恼早已被快乐赶走。

在大自然中感受一切，在大自然中享受一切，就是我最大的快乐！

春娃娃

洪超颖

夏天，纷纷扬扬的，是雨；秋天，纷纷扬扬的，是落地的黄叶；冬天，纷纷扬扬的，是那鹅毛般洁白的雪花。唯有春天，最不可思议的春天，纷纷扬扬起熊熊火焰般不熄的生命奇迹，活泼得让人迷醉，更耀眼得让人目眩。

——题记

俗话说："一年之计在于春。"是啊，当春姑娘迈着轻盈的脚步走来时，田野一片绿油油的景象，最迷人的要数艳丽的油菜花喽！

从远处看，那狭长的油菜田就好像大自然的腰带；零星的油菜田，一块块金黄，与小麦的绿色相间，交织成美丽的图案；那整个的一望无际的油菜田，又像是绿色的地毯上铺了一层厚厚的黄绒。油菜田旁边的小河里，河水碧绿，菜影倒映，黄绿分明。微风吹来，油菜花翩翩起舞，舒展着它那美丽的身姿。

暖暖的春风飞来了。它好比一个天真活泼的小姑娘，带着一支彩色的神笔，到处欢快地画着。

春风飞过大地，大地变成一幅清新的图画：被人们收割过的草木茬上，又倔强地冒出了新芽。不用人工栽培，它们就在春风的吹拂下生长起来。大地变绿了，衬托着红的、白的、黄的、紫的……五颜六色的野花，多美呀！春风吹来，那清新的花草气息，直往人心里钻，无论是谁，都会深深吸一口，像痛饮甘露一样畅快，多爽啊！

雨过天晴，太阳走过七色彩虹，万丈光芒照耀着春天的大地，大地上的一切都生机勃勃。地上的小草、细细的嫩叶湿漉漉的，青枝绿叶的树木，像刚洗过一个澡，显得青翠欲滴。鸟儿在枝头欢快地歌唱着，唱得人心情舒畅；小蜜蜂出来采蜜，它们从这束花飞到那束花。最快乐的是阳光下的孩子们，他们有的追逐跳跃，有的唱歌跳舞，还有的放起了风筝，又是一幅欢乐的图画。

再看看那金色的小花朵，伸展着四片小小的花瓣，长长的菜薹四周整齐地排列着。一只只小巧的色彩绚丽的蝴蝶，围着嫩薹，绕着顶端淡绿色珠子似的花蕊飞舞着。无数的蜜蜂在其间穿梭来往，"嘤嘤"地叫着。满目花朵和满野的蝴蝶汇成了一片彩色的海洋。站在金色的海岸上，油菜花散发出来的清香扑鼻而来，沁人心脾，使人陶醉。在金色的海洋中，仿佛听到田野在歌唱，好像唱着幸福的歌。

这美丽的春景，真奇特，真迷人，让我们去拥抱大自然，去享受大自然的恩赐，去游览这如诗如画的家乡美景吧。

第八部分

可爱的它们

　　每个秋天，落叶们就会离开疼爱自己的大树妈妈。但是他们没有痛苦，没有依恋，而是快乐地随风飘落。因为他们知道，自己只有变成落叶，在大地上化作肥料，来滋养自己的大树妈妈，才是自己报答养育之恩的唯一方式。想着明年的夏天，妈妈又可以枝繁叶茂地为人类遮阴避暑，净化空气，自己的牺牲是值得的，树叶们在睡梦中都甜蜜地笑了……

——黄艺博《落叶》

草　莓

李欣媛

　　说起水果，我就会不由自主地高兴起来，因为从小我就非常喜欢吃水果，像西瓜呀，桃呀，葡萄和苹果等等，有的时候我饭吃得不多，但是每天都要吃很多的水果，家里人都说我是吃水果长大的。

　　在我爱吃的水果当中，草莓是我的最爱，因为它不仅成熟早，可以在所有瓜果中率先上市，而且新鲜味美，酸味不大，甜味清淡，酸甜可口，还不伤肠胃。

　　为了了解草莓是怎样生长的，我还专门上网查了很多关于草莓的资料呢，从中我知道了草莓属蔷薇科多年生草本植物，又叫洋莓，原产于南美洲。草莓品种繁多，大约有两千多个品种。草莓喜欢温暖的天气，不耐寒冷。我国的河北省、山东省和很多南方省市都有草莓的种植，我们甘肃也广泛种植，只是大多种在温室里。

　　草莓的果实是球形或椭圆球形的，成熟的果实红艳艳的，表面疙疙瘩瘩的，附有许多小种子，小时候我还以为那是很多的芝麻粘在上面呢。草莓的果实鲜艳红嫩，柔软多汁，甜酸可口，含有丰富的维生素C，此外还含胡萝卜素、多种维生素、葡萄糖、蛋白质、脂肪、铁、钙、磷等，所以草莓又叫"美容果"，拿起一个放到口中轻轻地嚼动，那粉红色的汁液伴随着鲜嫩的果肉在嘴里有一种甜滋滋、酸溜溜、凉爽爽的美妙感觉，唯一感到遗憾的就是那附在草莓表面上的小种子吃起来没有什么味道。

　　每当爸爸妈妈买回草莓的时候，只要我有时间，我都要亲手把草莓下面的绿叶摘下来，如果叶子是水灵灵鲜绿色的，那么草莓一定是新鲜的，我真希望有机会去种植草莓的地方亲眼看看草莓是怎样生长的。

　　我还有很多种吃草莓的方法呢，有的是爸爸妈妈教给我的，有的是我自己发明的，比如：把草莓洗净用小刀切成四块放入盘中，在上面洒上一点白糖，这样吃起来就算是不太熟的草莓，也不会感到很酸了。还可以把切好的草莓和切好的黄瓜和小西红柿放在一起，放入沙拉酱拌好，就成了一道美味的水果沙拉了。

　　总之，草莓是我非常喜欢吃的水果之一，虽然写了这么多，但好像我还是有点意犹未尽呢。

（指导教师：冯蓬勃）

141

第八部分　可爱的它们

呼　唤

张坤宁

我，曾无数次被妈妈呼唤，妈妈呼唤我起床，呼唤我穿衣，呼唤我吃饭，当然还有呼唤我来到书桌旁，分析考砸了的试卷……或亲切，或严厉，或担心，或着急……这一声声平常的呼唤，串起了亮晶晶的链子，点缀着多彩的生活。

小雏鸡的呼唤，你听过吗？

雨后，到处漾着清新。邻居家的两只小雏鸡，一起在湿润的泥土上散步。你蹭蹭我，我啄啄你，真是"两小无猜"！我禁不住想摸摸这两只可爱的小东西。我悄悄地蹲下来，靠近，靠近，再靠近，没想到我慢慢移动的脚步还是没能逃过小家伙们转动的眼珠。一只跳到我前面，一只蹦到我后头，我去扑前面的，它敏捷地躲开了，我急了，转身去抓后头的，没蹲稳，直挺挺地跌坐在地上，泥巴裹湿了裤腿，汗水浸湿了衣背。这两只小东西配合得天衣无缝，真是害苦了我，还回头送我两个白眼，得意地逃走了。

第二天，我又见到了它们，昨天的"耻辱"再现眼前。哼！我一恼，突然伸手一抓。哈！一只小雏鸡被我逮了个正着。我径直走到一只瓦罐前，把它放了进去。还有一只嘛，就让它呆在地上，感受一下失去同伴的痛苦吧。我悠然自得地回家了。

"唧唧唧，唧唧唧"小雏鸡悲怆的叫声不时传进我耳朵，一声比一声哀怨。我忍不住开了门，走了出去，眼前的一幕让我怔住了。

罐里的小雏鸡紧紧地贴着罐子冰冷的内壁，"唧唧唧"地呼唤外边的同伴，外边的那只不停地啄着罐子，"唧唧唧"地回应着。

一丝恻隐之心油然而生，我把瓦罐倾斜，小东西迫不及待地扑了出来，扑向它的同伴。夕阳西下，它们一同坐在湿润的土地上，紧挨在一起，静静地望着远方。它们在干什么？在看那广阔的天空，在看那美丽的晚霞，在享受着彼此依偎的温暖……

在小雏鸡的呼唤声中，你听到了什么？我感受到了花香般的友情……

活蹦乱跳的"巧克力"

冯旭晖

此"巧克力"非彼"巧克力"，这块"巧克力"既不能闻，也不能吃，反倒能蹦能跳，会叫会笑，它就是邻居家那只小猫，大名"巧克力"。

前几天，家里偷偷摸摸地溜进来一个不速之客，大摇大摆地在家里踱来踱去，见我回来，"嗖"的一声，竟胆大包天地蹿到了我头上——

"啊！猫？"

我不知所措地看着眼前的小东西，竟是一只浑身乌黑的小猫，只有耳朵和腿上围着一簇浅黄的绒毛，大眼睛乌溜溜地藏在毛中，不仔细看还真发现不了。它眯着眼，正好奇地打量着我。

我不知该怎么办才好，房里突兀地响起一阵敲击玻璃的声音，仔细一辨别，来自卧室。我释然：卧室的门正对着阳台，邻居的阳台紧紧连着我们的阳台，难道是从阳台窜过来的不成？

我连忙向卧室走去，小猫似乎对我十分有兴趣，寸步不离地跟着。果然，阳台那边站着一个中年妇女，听见猫叫声，明显地松了口气。原来，这小猫打中午起就私自跃过阳台来我们家串门了。

她听说小猫在我家踩了很多梅花印，不好意思地跟我道歉。

我"宽宏大量"地一挥手，原谅了小猫的过错。

这件事本已不了了之，谁知几天后的一个傍晚，正在看书的我竟感到脸上毛茸茸的，痒痒的，略带一缕湿热。我一愣，顿时明白是谁如此"大逆不道"了。此时，它正蹲在我的椅子上，一双眼睛挑衅地瞪着我，敢情它是串门串出感情了，又过来玩儿了。

我轻轻地将它放到地上，赶忙跑进厨房，在碟里放了一小勺鱼松，送到它面前。小猫看了看，用粗糙的舌头轻轻粘了一点放进嘴里，良久，才抬起头来，眯着眼，温柔地叫了一声。

打这以后，小猫每隔几天就会来串一次门。有时，它扯着衣服爬到我头上，三两下就把我的头发变成了乱糟糟的鸡窝，让我哭笑不得；有时，它则跳到妈妈身上，用毛茸茸的脸蹭呀蹭；没一会儿又凑到了爸爸脚下，追着自己的尾巴转圈，玩累了就蜷缩起来，蹲在一边打盹。

现在，我们也常常备些猫粮，用来招待这个小客人。

（指导教师：金荼娟）

惊 蛰

茹怡多

这是春雷乍响的惊蛰时分，碧空万里下的巴颜喀拉群峰闪耀着银光，扎陵湖上漂着还未完全解冻的薄冰，早归的鸿雁在鄂陵湖上空盘旋，湖边芳草连天碧，山花遍地铺。又是惊蛰，唯有你才能解救族群——巴颜喀拉藏原羚羊。

那是一年前的惊蛰，整个族群都在安详地啃着带着初春晨露的嫩草，去年秋天新添的羊羔们在花丛中嬉戏追逐，在这共享天伦之乐的美好时光里，谁也没有注意到危险的逼近。

猛然，老羚王倏地抬起头来，举起弯刀似的黑角，警惕地嗅着，一身棕黄的短毛竖起来，长"咩"一声冲向山梁。但它还没有跃出第二步，"咩"的尾音还没有停止，一个银灰色的身影就从草丛窜起，老羚王还没有回过神来，就听到狼牙噬咬喉管的脆响——"叭！"羊血四溅。年轻力壮的公原羚都飞也似的奔出山梁，消失在草原深处，只有你没走——母羊和羊羔还没脱险呢！

母原羚羊呼唤着羊羔，羊羔惊慌失措，已经忘了躲到母亲身下。银公狼扑向一只呼唤羊羔的母羊，一只黑母狼也扑向一只羊羔，你急中生智，长啸一声，这是羚王下令的声音！母羊们一下子有了主心骨，一尥蹶子就甩掉了狼，小羊也似乎醍醐灌顶，清醒过来，贴着母羊的肚子狂奔，凶狠地踢着狼头，消失在山那面的河谷深处。

你明白，你今天在劫难逃了。你把锋利的长角擦在草皮上，准备拼死一搏，原羚不是绵羊，是不会闻到狼腥味就四蹄发软魂飞魄散的，更何况你是年轻力壮的公原羚。

银公狼显得很愤怒，因为你放走了被困者，狼夫妻的围猎计划因你而败。但它没有暴怒，扭过狼头向妻子低吼一声，然后坐在草丘上，眨着凶残的狼眼，舔着雪亮的狼牙，似乎在准备欣赏黑母狼的表演。几只银灰毛色的狼崽子也不知从哪里钻出来，肩并肩尖声叫着，为母亲助威。

黑母狼扑上来了，你赶紧把角伸向远方——你以为黑母狼要从你两角间钻过，所以准备直接捅瞎它的双眼。但是，世界上哪有这么笨的狼呢？黑母狼已经悬在你的颈侧，狼崽子的喝彩声也越来越响亮，你下意识地偏过头去，想用长角护住颈动脉，只听一声脆响——"叭！"你的颈动脉被咬断了吗？可能是吧，你闭眼等死，但你听到了母狼垂死挣扎的"哼哼"声。你奇怪地睁眼望去，看到了令你惊奇不已的画面：黑母狼胸腔有两只羊角捅穿的洞，狼血喷涌。狼崽子吓傻了，银公狼却沉稳地蹲坐在旁。你料到，银公狼会来报杀妻之仇的。你杀死了一匹狼！创下了巴颜喀拉山的奇迹，你还没能清楚自己是如何捅死黑母狼的，就又面临银公狼的反扑。你不可能再侥幸捅死银公狼了，现在唯一能做的就是殊死战斗！

但接下来的事却让你惊讶——银公狼并没有扑来，它要放你走！你没有多想：惊蛰的春雨已将草叶上的羊膻味抹得一干二净。但你清楚，羊群一定在东边的扎陵湖草滩附近。当你来到扎陵湖湖畔，羊群已经在那里了。它们对你的归来很是惊讶，你站在草坡上长"咩"三声，宣告新任羚王就是你——你救了族群，理应称王，臣民们也欢叫着，拥戴新羚王的诞生。

你带着族群游荡在扎陵湖畔，搏杀黑母狼解救族群的险遇恍若梦中。现在，只有缠绵的春雨，静谧的湖水，安详的羚群，盘旋的归雁。但你怎能知道，银公狼是要你带路，直捣羚群的老巢啊！它怎能白白让妻子丧命在你的羊角下呢？

静谧才持续几天，银公狼的报复就宣告开始。

美丽的扎陵湖滩成了屠宰场，羊羔一只接一只地命丧狼牙下，母原羚的哀号日夜不绝。奔逃中被咬断喉管的公羊，为了救子而搭上己命的母羊，被狂追至累死的老羊比比皆是。羊群认为，是你引来了恶狼。

去年秋天，由于狼的狂追滥捕，羊群停止了繁殖，巴颜喀拉藏原羚羊群日渐衰弱，现在族群已从六十多只锐减到二十多只。再没有羊来向你献媚邀宠，越来越多的壮年公羊假意埋怨你害死他们的子女，其实是想争夺王位……王位不重要，重要的是族群的生死啊！

又是惊蛰，踏着春雨后湿润的草地，你在冰凉的刚解冻的鄂陵湖里巡游，两支雁群引起了你的注意：它们刚刚飞回巴颜喀拉山，严冬时它们或许在林芝，或许在昆明，但现在，他们各据半片鄂陵湖水，享受着雪域早春的美好。你心生一计……

第二天清晨，趁着大雨，你领着族群离开扎陵、鄂陵二湖，穿过巴颜喀拉雪山河谷，一路向西，西边是哪里？是更高更寒的可可西里山脉。那里有什么？有凶残的雪豹、狡猾的豺狼。到那里，你相信，一定能挽救族群。

当然，银公狼和三只即将成年的狼崽不会被甩掉。它们为报杀妻、杀母之仇，只要有一口气在，它们就不会放过你和你的族群。

七天颠沛流离的奔跑，你们终于在一处草滩停下，这里有大片狼爪印和新鲜的狼粪。你疯了吗？

银公狼尾随而至，嗅着羊膻味，复仇的疯狂已让它不再精明。它嗅到了一切可疑的味道，但唯独忽略了狼爪印和狼粪——这是可可西里某支狼群的领地！

你和族群缩在一个雪山岩洞里，银公狼和狼崽仰天齐嗥，想吓出几只胆小的羊羔来。但雪山四周响起更威猛激越的狼嗥来。银公狼如梦初醒：自己闯入了其他狼群的领地。

一只雄壮的青黑色公狼领着十余只毛色各异的狼跃出来，驱赶侵犯自己领地的不速之客，刹那间，咆哮声、狼牙碰撞声，喉管迸裂声此起彼伏，你趁乱领着族群离开了凶险的可可西里山脉。

回到巴颜喀拉山东麓的扎陵湖，已是初夏，银公狼再也不会追来了。的确，你是聪明的藏原羚，还是备受爱戴的圣明君主。金秋，又添了十几只小羊羔，家族和睦，不再提心吊胆地担心能不能活到明天，小羊羔平安度过了巴颜喀拉山的严冬。

湖泊解冻、春雷乍响，鸿雁归来，山花盛开，又是惊蛰，巴颜喀拉山和谐安详，巴颜喀拉藏原羚群平静幸福。

落 叶

黄艺博

秋天到了，树叶变黄了。

一阵凉爽的秋风吹过，树叶们纷纷飘落下来。他们离开了亲爱的大树妈妈，忽左忽右、时起时落，像断了线的风筝。有的跳起了天鹅舞，轻盈优美得好看；有的像活泼快乐的小精灵，在空中玩着游戏不想下来；有的像跳动的音符，与风一起"沙沙"唱起欢快的歌来；还有的像跳伞运动员，随风荡来荡去……

到了地上，落叶们还在地上翻滚、嬉戏，直到玩得尽兴了，他们才罢休。他们有的席地而坐，远远注视风景如画的山山水水，仰望着美丽的大千世界；有的躺在地上，看着碧蓝碧蓝的天空和美丽的彩云。他们连在了一起，变成了一片落叶的海洋，为大地穿上了一件五彩的秋衣……

落叶形态各异，有的像一把扇子，有的像一面手掌，有的活像一个鸡爪，还有的像月牙，让人感觉好似月亮船飘落到了人间。落叶们色彩缤纷，有还没等到秋风的洗礼就飘落下来的绿色树叶，有被秋风染成火红火红的树叶，还有体现收获季节的金黄金黄的树叶，更有趣的是体现大自然多姿多彩的彩色树叶，一片树叶中，竟有多种色彩交织、变换，简直美极了，真是树叶中的骄傲。

每个秋天，落叶们就会离开疼爱自己的大树妈妈，但是他们没有痛苦，没有依恋，而是快乐地随风飘落。因为他们知道，自己只有变成落叶，在大地上化作肥料，来滋养自己的大树妈妈，才是报答养育之恩的唯一方式。想着明年的夏天，妈妈又可以枝繁叶茂地为人类遮阴避暑，净化空气，自己的牺牲是值得的，树叶们在睡梦中都甜蜜地笑了……

啊，落叶，我喜欢你！更敬佩你高尚无私的奉献精神！落叶，我赞美你！你是大树妈妈的骄傲，是自然界的骄傲！

美丽即逝

张宇东

"老妈，我们越来越干枯了！"

"老妈，我们要坚持不住了！"

毫无反应。我看了看我们的妈妈———一株曾经娇艳美丽的杜鹃花，而现在———一副枯干焦黄而又憔悴的面孔。我不再多问了，我们的妈妈也愈来愈干枯了。我紧紧收了收我魅力绝伦的淡雅的纱裙，对于一朵刚刚绽放得无比娇艳的花朵来说，维持光彩最重要的就是保持水分。可是现在……

我不禁使劲咬了咬嘴唇。一股苦涩的泪水夺眶而出，在那晶莹的镜子里，一朵生机勃勃的小花正面临着死亡的威胁，那就是我。我，虽是一朵小花，却有着自己小小的心愿。自从我诞生的那一天，自从我睁开了明眸观察这个世界，我就有一个美好的愿望：一定要展现出最美的一面给大家观赏！可是，这个愿望，却迟迟未能实现。我不解地望着窗外湛蓝的天空，心都要碎了。正是这个愿望将要实现的时候，我的主人却告别了我……

我还记得那一天，我终于睁开双眼观赏世界，那时的母亲，微笑着看着我。我望着来来往往的人群，他们只对我的姐姐们加以赞赏。我的心头涌上了一丝愤怒。我拼命向大家展现我的风姿，终于被行人发现了，而迎接我的，却是一句"好一个丑小鸭似的绿花苞"。我看了看身旁的姐姐们，她们笑得是那么甜，那么美，优雅的粉红色纱衣里映出了一张张笑脸，啊，那是多么美丽！如果我也能变成那样一朵美丽的杜鹃花，那将是多么……妈妈温柔地告诉我："你一定行的。"顿时，一股力量将我的信心又找回，我，一直在努力。

之后，一位好心的先生把我们带到他的家里，他对着我的姐姐们又开始了一遍遍的夸赞。我努力把头向外露了一点，我相信一定会有人赞扬我的！我，渴望那美丽的一天！

一天，一群不曾相识的孩子来到我主人的家中。我以为机会来了，拼命向外挤，期盼着一丝丝甜蜜与喜悦。然而，我的愿望并没有实现。为什么？为什么？我扭动着身体，发出一声声痛苦的呐喊：我一定要开出美丽的花儿来！

妈妈总是很温柔地劝导我，让我不要放弃，因为梦想总有一天会实现。

"呵，这小花苞越来越秀气啦！"主人微笑着说。真的，真的。我听到赞美了！"总有一天它会开出美丽而优雅的小花的！"又是一声鼓励。我小小的心中蕴含着的希望又再次燃了起来。"我就要开花了。"我一遍遍地对自己说。毕竟这是我得到的第一次夸奖，我的心中也有了一丝丝欣慰和喜悦，还夹着一小点羞涩。想不到，紧接着，主人又对我们讲："小花们再见喽，过年我们要走几天，拜拜！"可是，偏偏在这个重要的时刻，粗心的主人却忘记给我们浇水了。

而我，当时并没有在意主人这个重大的失误，依然沉浸在那份小小的喜悦之中。而现在……

我已经绽出了最美的花，那一刻，我内心所有的词汇都表达不了当时的心情，这是我一生中所盼望的最好的礼物！我掩盖不住内心的喜悦，不住地对我亲爱的妈妈、姐姐与哥哥说：

"快看，快看，我，我，我真的开出美丽的花朵了！妈妈，我果然开花了！"

"真是值得祝贺呀！"姐姐们都围到我的身边，给我一声声问候与祝福！哥哥们也相对一笑，而我最爱的妈妈则更是高兴万分。

"你终于开出花来了！祝贺你的成功！"

那一夜，我翻来覆去怎么也睡不着。主人呀，快回来吧！我开花了！

今天，我更是左顾右盼，可友善的主人却迟迟未返。我心中默默期盼：千万不要谢呀！主人还未曾观赏过我开花的样子呢！可是，我仍旧奈何不了水分的流失，不！我不要凋谢！我用尽吃奶的力气想要阻止这一切，难道我的梦想就破灭于此了吗？

我好不容易抬起头，看了看我的姐姐和哥哥，他们都蜷缩着，失去了往日的风采。他们都像我一样，那原本明艳的肤色逐渐变浅，还有的，已经有了微黄的病色。啊，这可如何是好！我擦了擦头顶的细汗，看着将要毁灭的我们，已不抱有任何希望。哥哥姐姐们相继死亡，他们枯瘦的尸体落在妈妈的脚下，盖了一层。主人呀主人，你难道真不在乎我们了吗？

随着"吱"一声门响，主人一家欢欢喜喜地走进门来。友善的主人微笑着冲到我们一家面前，刚要打招呼，"哎呀！看看咱们的小杜鹃！十天了，我忘给它浇水啦！"主人一家马上围过来，我一抬头，看见主人眼里要掉出来的眼泪、合都合不上的嘴以及因痛苦而变绿的脸。随后，生命之水灌溉到了妈妈的根部，我们的眼睛立刻明亮起来。水！

妈妈不停地吸收水分，然后传给她的孩子们。咦！怎么没有水传过来呢？看看哥哥们，他们的脸色红润起来；但姐姐们却和我一样，没有收到妈妈传过来的生命之水。妈妈，你怎么了？！

怀着满肚子的悲愤与不解，我大声问妈妈："老妈，你难道不顾我们的死活吗？"

我看见妈妈眼中闪着晶莹的泪，她犹豫了一下，含着眼泪对我们说："孩子呀，不是妈妈偏心，实在是迫不得已！哥哥们是根，唯有他们的生才能换来我们杜鹃的生啊！你们要为自己将来的妹妹们着想，你们的死也是值得的！"

我重重地叹了口气。我绝望地看了看萎缩的身躯，闭上了眼睛。

那群孩子们又来了。主人向他们讲述着我一生的经历，以及我的未来。孩子们用纯真的目光小心地看着我，轻轻叹道："多可怜啊。"

我笑着，许下愿望：希望妹妹们能够再一次完成我未了的梦想，把美丽带给别人。我看了看妈妈忧伤的面容，又看了看孩子们的脸，最后看着一个刚刚出生的小花苞——我的妹妹，正在暗处努力地生长。

我闭上眼，离开了母亲的怀抱，笑着化成一朵落花，静静地倒在了她的脚边，完成了我最后的任务……走了……

聆听阳光伯伯的教诲

刘小丽

自从春风吹绿了小草，我就开始为开花而祈盼。

从未想过我能成为一朵艳艳的桃花，是桃树妈妈孕育了我，使我能在田间灿烂地开放。我笑了，回想着那不美丽的过去，我才明白美丽不是生来就有的。

当春姑娘的纤手抚摸着我艳丽的身姿时，当风儿唱着赞歌从我眼前吹过时，我真的有点得意忘形。不知经过多少风吹雨打的我终于换回了一份属于自己的美丽，我能不开心吗？我感到这世上数我最美丽，也渐渐目空一切起来。

"孩子，美丽不是永存的，你的花儿迟早会凋谢的！请不要为暂时的美丽而失去自我！"阳光伯伯在天上望着我说。

"那，那我该怎么办啊？"我急着问。

阳光伯伯笑而不答，反过来问我："桃花谢了是什么啊？" "是桃子。"我抢着说。

"是啊，傻孩子，花谢了总会结果啊，结出了甜甜的桃子不也是同样很美吗？"阳光伯伯语重心长地说。

于是我不再伤心，我知道我总有一天会成熟。我开始了祈盼，祈盼我早日能成为一个硕大的桃儿。

蝴蝶为我伴舞，蜜蜂为我歌唱，风儿为我奏乐，细雨为我洗礼，我微笑着，我知道我将要谢去，我的嫣红的容貌，我的灿烂的笑，将要化作春泥，但我不悲哀。

又一阵暴雨，我已失去了往日夺目的容颜，但我不后悔，我心中只有祈盼。

我依然微笑，尽管我知道我笑得不再美丽，但为了我今后的奉献，我不会伤心也不会自怜，我知道只要努力，命运之神就不会让我失望。

"花谢花飞飞满天，红消香断有谁怜……"往日的黛玉葬花已成了不凡的悲歌，这位弱不禁风的千金小姐不会明白我心中的愿望。她不知道我在祈盼什么，我在追求什么。

我从太阳伯伯的话里明白了过去的美丽算不了什么，永恒的美丽才让人祈盼，永恒的美丽才能永存，只有舍弃外表的美丽，才会迎来心灵的美丽。

不会再有蝴蝶或者蜜蜂为我跳舞、歌唱，因为他们只属于怒放的鲜花，我不愿挽留他们，毕竟挽留不住——生命不能总是停留在某一处。

还有两个月我就要结果了，我为自己高兴，我祈盼着我能早日结果，不仅仅是希望再找回一份美丽，而是祈盼我能够为人们献上甘甜的果实。

153

第八部分 可爱的它们

蒲公英

孙远航

蒲公英又叫蒲公草、黄花苗。蒲公英的叶子是狭长形，边缘呈锯齿状，像一颗颗尖锐的牙齿。叶子从根部排成莲座状长出，围成一圈，平铺在地，中间长出三五根花茎。花茎是空心的，直直地挺着，顶端举着圆圆的花蕾，像一个个小铃铛。

每当初春来临，蒲公英抽出花茎，在碧绿丛中绽开朵朵黄色的小花，这儿一丛，那儿一簇，远远望去，就像是春姑娘特意为大地伯伯的绿风衣绣上了几朵小花。走近细看：花朵是圆盘形，草绿色的苞片围着一层层金黄色的小花瓣。那是一种耀眼的黄，就像是一个个小太阳，更像是袖珍的小葵花。一阵风吹过，这些小花撒起欢儿来，她们扬起笑脸，扭动着纤细的身躯，尽情地轻歌曼舞。

我觉得蒲公英叫迎春花或太阳花更确切些，哪怕有一点点春意，只要阳光好，蒲公英便灿烂地绽放着。蒲公英的花期非常短，刚刚花茎上还是三五个"小脑袋"紧紧地挤在一起，一会儿工夫，花茎迅速地长高，绽放出一张张笑脸，昨天还是些金黄的小花，第二天金黄褪去，慢慢变成白色的冠毛，最后结为一个白色的绒球。风轻轻一吹，这些白色的绒球立马又化作一把把小伞，带着蒲公英的孩子飘向天涯海角。

我爱蒲公英。它没有桃李的花朵娇艳，没有玫瑰月季的芬芳扑鼻，但它传播着春天的气息，散发着顽强的生命力。无论是田间地头、山谷草地，还是河岸沙地，随处可见它那倔强可爱的身影。

（指导教师：程辉）

第九部分

那一份热爱

　　我爱恋读书。诗词歌赋，古文史书，让我体会到了马致远"断肠人在天涯"的凄凉；理解了辛弃疾"可怜白发生"的无奈；领悟到了陶渊明"种豆南山下"的淡泊；感受到了文天祥"人生自古谁无死"的壮志豪情。这些诗句，让我深思：人生的真谛不就如此吗？它们就像我人生道路旁盛开的花朵，随种随开，将这一长途，点缀得花香弥漫。

——王曲《书，我的魂》

缕缕书香 伴我成长

李 杰

我的外公是一个老教师，他住在清静的乡下。在他那间"读书驿站"里，藏有成百上千的书，只要一进去，准会被那书香紧紧缠绕，让人如痴如醉。我也理所当然地成了那里的"常客"。

清晨，天蒙蒙亮，遥远的边际也刚刚泛出微光。我不知怎的，像丢了魂儿似的，辗转反侧还是无法延续刚刚的梦，索性一骨碌爬起来，看看还在发出雷鸣般鼾声的外公，顽皮地做了一个鬼脸，像一只饿坏了的老鼠，蹑手蹑脚地钻入书海。

"哇！这里的感觉真不一般！"我贪婪地站在几堆书前，用心挑拣起来。"《十万个为什么》读过，《水浒传》、《西游记》看过……"我几乎将每本书名念叨一遍，想想看过没有，同时也在脑海里快速地回忆它们的内容。这时，一本封面单调且皱巴巴的《悲惨世界》跃入我的眼帘。我拍拍上面的灰尘，打开扉页，看到几行苍劲有力的字："悲惨的世界，悲惨的人物，悲惨的一切，但悲惨的结束将是幸福的开始！"读完这几行字，我的心一下子被触动了，立刻饶有兴趣地看了起来。

"那是一个漆黑的夜晚，北风飕飕地吹，流浪汉衣不蔽体地走……""开头就如此凄惨，怪不得叫《悲惨世界》！"我低声嘀咕着。随后，我又结识了许多形象鲜明、个性不凡的人物，尤其是年纪还小的珂赛特，她竟然那样懂事，为了不让妈妈担心，在信中隐瞒了自己受过的委屈与折磨，自信坚强地活着。她的一举一动，让我心灵震颤、潸然泪下……

和煦的阳光顽皮地透过窗户钻了进来，把书屋照射得暖意融融，而我却浑然不觉，依旧沉浸在故事情节中，更被那缕缕书香所陶醉。"吱——"门轻轻开了，外公走了进来："小鬼，你又在看书了！呦，《悲惨世界》！"我抬起头，冲他一笑。外公坐到我的身边，和蔼地说道："雨果的作品很多，什么《九三年》、《笑面人》……"就这样，外公给我讲了很多，他把我引进了知识的殿堂，更使我对书产生了强烈的热爱……

我爱外公，爱那"读书驿站"，更爱那曾记录我成长历程的缕缕书香，它们将永远伴随我走向更美好的明天。

（指导教师：冒石宏）

我的"诗控"生活

陆周泊

从小，我就特别热衷于作诗，尤其是打油诗，时常就能做出一首堪称绝句的打油诗。由此，我得了一个外号"诗控"。这名儿可不是自己起的，我只要观察到有一点儿风吹草动，"诗控"的作诗之情便油然而生。

一次，来到新华书店购书，在书海穿行时，却发现外面下起了雨。我立即从书海中回到岸上，借了伞，心急火燎地往家里赶。不知是被这如雷的雨声吓坏脑子了，还是什么原因，我竟误入"歧途"，越走越偏，而三轮车、出租车都不见踪影了。我在雨中茫然地走着，满街盛满了水，地井正往外冒水，我不禁想起被贬到不毛之地的柳宗元，觉得自己和他都怀有悲怆的同感。于是借《江雪》一用，不禁吟起那段千古绝唱："出租车飞绝，三轮车踪灭，孤伞撑单人，茫然雨中行。"带着悲伤的情感，拖着一路悲情，在雨海中茫然前行……

某日清晨，桌上飘着的还是那闻了千次万次的燕麦和着牛奶和鸡蛋的味道。虽一起床觉得肚子里空空如也，可一下床闻到那味儿就肠道闭锁，没了兴致。通常我应对的办法是再向妈妈要点"加餐"：鸡肉、猪排、培根之类。可结果往往是，我去厨房时端着带汤汁的盆子，回来时连盆子也进了水池，带回的只有让我减肥的唠叨。我多想多想多想吃到肉，哪怕吃点儿肉末也行啊！于是，"诗控"又开始作诗了！《如梦令·吃肉》——"常记早晨无肉，心中憋得难受，我好想吃肉，冰箱却不见肉。吃肉，吃肉，惊起口水一溜。"妈妈可不听我这"诗控"的诗，径直去开电动车，准备送我上学！哎，什么时候，才能天天早晨吃肉啊！

这些打油诗还只是冰山一角，我的"诗控"之情一直如荧荧的火焰，在我的心中久久地燃烧，一直持续着。《如梦令·诗控情》——"昨日诗兴大发，浓睡不消诗梦，我这个诗控，竟然变得失控。诗控？失控！我是失控诗控！"我岂止"诗控"，简直是失控。

（指导教师：张洪涛）

写作的快乐

刘雨璇

　　我爱幻想，也爱倾诉，我深爱着用自己的笔，将心中的所思所感所想向素纸倾吐。我在写作中得到了快乐。

——题记

　　我写作，我有释放的淋漓。

　　生活，不可能一帆风顺，总会遇到烦心的事。在月光皎洁的夜晚，躺在床上辗转难眠。每当这时，我的笔成了我感情释放的窗口。文字一发不可收拾地在笔记本上蔓延，我的闷气与怨气也随之荡然无存。轻轻搁笔，抬头望月，心中又重新变得明朗与快乐，嘴角又有了上扬的微微弧度。

　　我写作，我有成功的喜悦。

　　几个漫长的不眠之夜，一篇又一篇精心之作诞生在我的笔下。一次又一次地修改提炼，我努力使它做到完美。怀着忐忑的心情，我将这一份份轻飘飘，但凝结我汗水与心血的稿纸塞进邮箱，回到家不安地等待杂志社的回音。一个金色的黄昏，我终于盼到了编辑的回信："您的来稿我已读过，文笔颇佳，决定采用。"这句话是我听过最动人的语言，欣喜若狂的我不知要如何庆祝才好。捧着仍然散发着墨香的《作文导报》样刊，我的内心被喜悦完完整整地充盈着。

　　我写作，我有被肯定的自豪。

　　课堂上，老师又在讲评上周的作文。"其中也有佳作，下面我来读一篇范文。"我细听，果然又是我的文章！被老师如此肯定，我心中说不出的开心。"'落日西斜'，'大地镀金'，这两词用得美极了。"老师在仔细分析着我的文章，同学们不时向我投来赞赏、羡慕的目光。我的心底萌发出一种奇妙的感觉——那是被肯定的自豪吧！我的笑容舒展而喜悦，这是多么令人高兴的事啊！

我手写我心，在写作中，我得到了前所未有的快乐。

书，我的魂

王　曲

> 书，是什么？我不知道，但所有人的灵魂都在此中升华，所有的烦恼都会在此中融化，消失……
>
> ——题记

我爱恋读书，因为书融进了我的心，和我的灵魂交织在一起，洁净我的心，升华我的魂，让我快乐，令我感伤，使我忧愁，催我自强！

我爱恋读书。诗词歌赋，古文史书，让我体会到了马致远"断肠人在天涯"的凄凉；理解了辛弃疾"可怜白发生"的无奈；领悟到了陶渊明"种豆南山下"的淡泊；感受到了文天祥"人生自古谁无死"的壮志豪情。这些诗句，让我深思：人生的真谛不就如此吗？它们就像我人生道路旁盛开的花朵，随种随开，将这一长途，点缀得花香弥漫。

啊，书，我的魂！

我爱恋读书。美好的童话让我悟出了许多：白雪公主的善良美丽；七个小矮人的天真活泼；王后的凶残恶毒……慢慢地，我懂得了真善美与假丑恶，开始向往纯洁美好的生活。在这些童话书中，我找到了"美好"的新的定义。

啊，书，我的魂！

我爱恋读书。古今中外的名人名著令我明白了许多：我为简·爱的悲惨童年而惋惜，又对她执着追求爱情的坚定信心而感动；我为鲁宾孙的不幸遭遇而叹息，又为他的机智勇敢而欣喜；我为保尔的苦难生活而伤感，又不禁为他坚定的信念而动容！

啊，书，我的魂！你是世间最伟大的魂！

（指导教师：芮新红）

161

第九部分　那一份热爱

小小围棋，大大的爱

凌 晨

围棋，是人们既熟悉又陌生的智力游戏。它千变万化、神秘莫测，影响了无数中华儿女。

一盘围棋，就是一个战场。手中那黑白棋子，就是一个个南征北战、骁勇善战的战士；而自己就俨然成了一位身经百战的大将军。

围棋，也是一种心理上的战斗，想要战胜对方，必须先从心理上击败对方，在心理上击败对方，靠的是精密的计算和气势上的磅礴。如果靠着悔棋和赖皮赢了棋，算什么正人君子呢？只有堂堂正正地下好一盘棋，才能正大光明地做好人。才能堂堂正正地成为一个对社会有用的人。

有些人认为围棋的输赢十分重要，其实恰恰相反，围棋最不重要的就是输赢。在我国古代，围棋叫作"手谈"，就是用围棋来进行对话的。普通的人根本无法想象这样高超的做法是怎样完成的。只有达到了极高的境界后，才能与其他境界极高的人进行"手谈"的。围棋的"手谈"比说话更能体现出人的喜、怒、哀、乐。他将人内心的那种情怀倾吐得淋漓尽致。这不是普通人能做到的。

在开局的时候，我们都尽量占取棋盘的四个角，取得初步的胜利；在中盘的时候，也是竞争最激励的时候，每一个人下一个棋子恨不得都要想三到四分钟，每一个人都为下了一步好棋而自豪，都为走错了一步棋而失望。即使是到了终盘前，选手也不敢怠慢，他们认真地收好每一个官，尽量从对手那儿占到二目、一目、至半目。因为有时候连半目也能扭转局势，使人成为不败的王者与神话。

小小的围棋，千变万化，让我们大家一起来学习围棋吧！去一起分享这其中的乐趣吧！

（指导教师：张洪涛）

第十部分

诗意的世界

有人问我，生命是什么？
我可以告诉他：
生命是生长在悬崖峭壁上的松树，
生命是寒风中一枝独秀的腊梅花，
生命是秋风中果园里的累累硕果，
生命是沙漠中顽强向上的仙人掌。

生命是飞蛾求生的欲望，
生命是展翅高飞的雄鹰，
生命是蜗牛那坚定的意志，
生命是春风中归来的候鸟。

——沈佳燕《生命是什么？》

生命是什么？

沈佳燕

有人问我，生命是什么？
我可以告诉他：
生命是生长在悬崖峭壁上的松树，
生命是寒风中一枝独秀的腊梅花，
生命是秋风中果园里的累累硕果，
生命是沙漠中顽强向上的仙人掌。

生命是飞蛾求生的欲望，
生命是展翅高飞的雄鹰，
生命是蜗牛那坚定的意志，
生命是春风中归来的候鸟。

生命是婴儿的啼哭声，
生命是孩子们玩耍的笑脸，
生命是少先队员胸前飘扬的红领巾，
生命是工人们辛勤的汗水。

生命是东方升起的红日，
生命是挂在空中的骄阳，
生命是夜空中皎洁的明月，
生命是晚上眨巴着眼睛的星星。

生命是什么？
其实它就是全部……

（指导教师：徐海娟）

我们都是天使

苍奕颉

我们每个人都是天使，
——人间的天使。
我们也有"翅膀"，
我们也有"魔法"。

我们每个人都是天使，
——普通的天使。
我们也能"飞翔"，
我们也能"施法"。

你、我、他，我们都是天使，
——善良的天使。
你不信，
那我们就试一试。

当你向失魂的人伸出援手，
当你向落魄的人献出爱心。
你的身上，
就会散发出天使般的光芒。

第十部分 诗意的世界

家乡的小路

史晓彤

一张张照片承载着人们的回忆，这条小路也承载着我们三代人的变化。

爷爷说：
这条小路是我的知己，
小时候，
我放牛回来，
在这条泥泞的小路上，
和牛群一块儿玩耍。

爸爸说：
这条小路是我的朋友，
小时候，
我放学回来，
和小伙伴一起在这条石子路上，
玩耍，做作业。

我说：
这条小路是我的伙伴，
小时候，
作业做好，
就和小伙伴一起在这条水泥路上，
嬉戏，做游戏。

(指导教师：沈丽萍)

思　念

孙珊珊

春天来了
我把思念变成风筝
无论飘得多高多远
你只要拉住线头
轻轻牵引

夏天来了
我把思念化作浓荫
无论骄阳暑热
你只需在树下小憩
惬意荡漾心头

秋天来了
我把思念变成枫叶
无论叶落飘零
你只要撷取一片
化作红艳铭刻

冬天来了
我把思念化作雪花

无论地冻天寒

你只要伸出双手

掌心闪烁晶莹

亲爱的家乡

您就是我永恒的思念

她如酒一样浓烈

似花一样芬芳

像水一样澄明

（指导教师：沈火种）

巧克力太阳

曹晨咪

如果，
现在的太阳，
变成了巧克力太阳。
那么，
每当夕阳西下的时候，
遥远的天边，
就会出现一片巧克力夕阳。
我上去摘一片，
送给我的老师，
让它带给老师们两个有巧克力味的字：
温馨。

早上，被太阳照射到的云朵，
也变成了巧克力味的棉花糖。
我把它摘下来，
送给我的妈妈，
让它带给我妈妈两个有巧克力味的字：
甜蜜。

下雨时，连遇见太阳光的雨珠，
都会变成巧克力味的牛奶。
我把它们用杯子集起来，

送给我的同学们，
让它带给我的同学们两个有巧克力味的字：
快乐。

炎热的时候，
太阳的光就会变成巧克力味的饼干。
我把它拿下来，
送给我的爸爸，
让它带给我爸爸两个有巧克力味的字：
健康。

妈　妈

严笑芸

您的爱比蓝天宽广，
您的爱比大海深邃，
无论何时，无论何地，
身边总有您
爱的温暖！

您的情藏于汗水里，
您的情融于疲倦中，
无论白天，无论黑夜，
心中总涌起
感情波涛！

您的爱怎能相忘？
春光灿烂，
百花齐放，
祝福您永远拥有年轻姿容，
花般笑颜。

您的爱怎能相忘？
草木丛生，
蓬蓬勃勃，
祝福您永远拥有青春活力，
年轻体态。

第十部分　诗意的世界

您的爱怎能相忘？

金秋时节，

硕果累累，

祝愿您永远工作顺利，

事业有成。

您的爱怎能相忘？

白雪飘飘，

新年到来，

祝福您永远日子红火，

合家欢乐。

……

把我的祝福统统送给您吧，

我伟大的妈妈！

（指导教师：刘金芳）

童年在哪里

吴 楠

童年在哪里
在奶奶温暖的炕席上
趴在贴着剪纸的窗上
看着奶奶烧火
听着有节奏的风匣声
那真是世界上最优美的曲子

童年在哪里
在卖冰棍老爷爷的吆喝声里
每一声吆喝都甜在我的心里
"冷天不能吃"
"热天也不能吃多了"
跑出门的脚常常被奶奶拽回

童年在哪里
在爷爷吱吱的手推车里
"走了，上山啰"
山路一弯一曲地走
那独轮小车
一颠一晃地载满
稚嫩的欢笑声

童年在哪里
奶奶的眼里 爷爷的手上
童年在我的心里

（指导教师：邓栋涛）

春夏秋冬

王佳琪

春天是一个害羞的少女，
遮遮掩掩，躲躲藏藏。
一会儿在树枝上荡秋千，
一会儿在风筝尾巴上摇啊摇。

夏天是一个壮实的少年，
有时严肃，有时幽默。
永远迈着流星大步，
昂首挺胸向前走。

秋天是一个快乐的老婆婆，
整天没有一丝烦恼。
蹦蹦跳跳地，
帮着人们成熟、结果、丰收。

冬天是一个白发苍苍的老爷爷，
头发、眉毛、胡子全白了，好似无数雪霜。
给大地铺上了一层厚厚的白色的地毯，
冰冰的，凉凉的，给我们带来了无数快乐。
啊！春，夏，秋，冬！
我们无数的憧憬！

书信传情

薛佳宜

太阳给月亮写信，

铺开天空湛蓝的信笺，

用金灿灿的阳光，

写下温暖的问候，

飘飞的云彩，

是问候时开出的花朵。

信封上，

贴着"夕阳"或"晚霞"的邮票。

月亮给太阳写信，

铺开天空墨黑的信笺，

用银亮亮的月光，

写下轻柔的问候，

闪烁的星星，

是问候时开出的花朵。

信封上，

贴着"晨曦"或"朝霞"的邮票。

（指导教师：韩涛）

四季的问候

孙旭扬

春天给夏天写信，
铺开草地五彩的信笺，
用圆圆的花心，
写下和谐的问候。
五颜六色的花瓣，
是问候开出的花朵。

夏天给秋天写信，
铺开湖水碧绿的信笺，
用肥美的叶子，
写下炎热的问候。
优雅的凉亭，
是问候开出的花朵。

秋天给冬天写信，
铺开天空金黄的信笺，
用飞舞的落叶，
写下温馨的问候。
丰收的果实，
是问候开出的花朵。

冬天给春天写信，
铺开大地宽广的信笺，
用银装素裹的大地，
写下纯洁的问候。
漫天飞舞的雪花，
是问候开出的花朵。

诗意的世界（两则）

张浩文

和春天约会

看着满桌子的阳光
我忽然想去和春天约会
邀满山的迎春花陪我散步
请鲜艳的桃花和我谈心
还想去看看枝头的新芽
遮住眼睛和它们藏猫猫
我好想和春亲近
可春困却绊住了我的脚步
请您快放过我吧
让我和春天痛快地约会

二月的细雨

二月的细雨
淅淅沥沥
村口的桃林

桃花绽开

粉得让人心醉

如妹妹绽开的酒窝

村南那片田里

爷爷佝偻着身躯

无声地耕犁着

一年又一年的春暖花开

（指导教师：张晓燕）

虹

何芷璇

风鼓着腮，
呼呼地吹起瑟瑟发抖的树叶；
雨跳着舞，
沙沙地伴着雷声欢快地飘下。
雨的天地，
风的舞台，
雷伴奏着，
闪电表演着。

乌云玩累了，
飘走了，
风儿吹累了，
回家了。
街道洗了个澡，
清清爽爽地迎接飞驰的汽车；
树木换了身衣服，
干干净净地拥抱灿烂的阳光。

一道弧形优雅地划过天际，
彩虹姐姐穿着五彩的裙子，
高雅地站在蓝天之上，
向大地，
露出了最动人心弦的微笑。

（指导教师：李军）

听听，春的声音

胡勤游

听听
春的声音
春雷公公敲着大鼓
"轰轰"
是催醒万物的鼓音

听听
春的声音
小溪欢快地奔跑
"叮咚"
是和冰雪告别的歌韵

听听
春的声音
春江水暖鸭先知
"嘎嘎"
是召唤春天的彩铃

听听
春的声音
柳树甩甩辫子
"啪啪"
是新芽爆出的欢鸣

听听
走进春
走进希望的音乐厅
用心聆听这春的声音

春的声音
在每一棵嫩芽上
在每一朵花蕾中
在每一声快乐的蛙鸣里
在每一个孩子天真烂漫的笑容里

听听
我们听到了希望的声音

（指导教师：姚莲莲）

大树的爱

刘怡汝

风对树有讲不完的故事
树听得很高兴
枝条在微微摇摆
听到有趣的地方
还会笑着弯弯腰、点点头
风的故事有趣、美丽

鸟儿对树有唱不完的歌
树听得很兴奋
请鸟儿筑巢常驻
树为鸟儿遮阳挡雨
鸟儿的歌甜蜜、好听

小孩儿没有故事也没有歌
但树还是最喜欢他
小孩儿会爬上树干再抓住树梢
把悄悄话
全告诉树
树会像一个父亲拥抱着小孩儿
小孩儿玩累了
依在树干上
睡着了
……

（指导教师：沈楚）

第十部分　诗意的世界

梦 之 船

张家萌

童年的梦
像一只小船
满载着希望
飘过四季
寻找最明亮的阳光

春天的小鸟
为船儿衔来彩色的翅膀
夏天的湖水
为船儿梳洗亮丽的脸庞
秋天的枫叶
为船儿点燃收获的畅想
冬天的雪绒花
为船儿谱写轻盈的乐章

梦之船啊
随我起航
童年的阳光里
有你我在徜徉

（指导教师：邓栋涛）